지은이 | **곽세라**
http://blog.naver.com/searahji
http://twitter.com/serahzade

세상에서 가장 활짝 웃는 여자, 약속도 일정도 없이 여행가방만 꾸리면 어디로든 나비처럼 훨훨 날아다니는 자유로운 여자, 곽세라.

남들이 좋다는 명문대학도 나오고, 카피라이터라는 그럴듯하게 바쁜 직업도 가져봤지만, 태생이 자유로운 여행자인 그녀에게는 그런 간판들이 짐스럽기만 했다. 어느 날 표표히 사표를 던지고 그저 '특정한 직업 없음, 그러나 어디서든 환영 받음'이라는 타이틀을 가장 명예로운 캐치프레이즈로 삼고, 전 세계를 내 집처럼 드나들며 인연 닿는 대로 많은 사람들과 만났다. 벌써 14년차 집시로 살아가는 그녀가 전 세계를 돌고 돌아 만난 '영혼의 힐러들', 따뜻한 시선과 촉촉한 마음으로 그들을 인터뷰했다.

클럽메드의 인기 요가강사, 작가, 방송진행자, 손발이 필요한 코스모폴리탄들의 심부름꾼, 사설 독립마녀, 인생을 절대로 심각하게 살 용의가 없는 사람들의 모임 회장 등 온갖 독특한 수식어를 달고 다니는 그녀는 늦깎이 아티스트가 되어 그림 그리기를 시작했고, 일본 국전에서 우수상(2008년, 2009년)을 받았다. 2010년에는 인도 전역을 돌며 '아트 투 하트Art to Heart'라는 제목으로 아트 콘서트를 하기도 했다.

지은 책으로는 《길을 잃지 않는 바람처럼》, 《모닝콜》 등이 있고, 편역서로는 《신은 여자에게 더 친절하다》가 있다. 지금도 여전히 약속도 일정도 없이 여행가방 두 개로 전 세계를 누비며, 깃털처럼 가볍게 행복을 만끽하는 방법을 배우고 경험하며 전파하는 중이다.

인생에 대한 예의

인생에 대한 예의

귀찮아서,
혹은 두려워서 미뤄왔던
나의 행복들에게

· 곽세라 지음 ·

쌤앤파커스

당신의 인생에게
사과하세요.

✿ 목차

내 인생에게 사과한다.
게을러서 누리지 못했던 황홀한 순간들과
귀찮아서, 혹은 두려워서 미뤄왔던 성공과 행복들에게.
지금까지의 포악과 학대와 끈질긴 괴롭힘을.
그리고 지키지 못했던 약속들에게.

매일 새벽, 정원에서 산책을 하는 스승을 만나면 나는 두 손을 가슴 앞에 모으고 머리를 조아려 인사했다.

"평안하십니까?"

스승은 그 때마다 내게 되묻곤 했다.

"그대 가슴의 안부를 먼저 물었는가?"

고백하건대 나는 내 마음의 안부를 묻는 데 인색했다. 다른 사람들의 기분을 챙기고 나로 하여금 불편하게 느끼지 않도록 하기 위해 전전긍긍했을 뿐이었다. 내 가슴 따위는 아무래도

9

좋았다.

나는 힐러가 아니다. 치유를 전문적으로 공부한 적도 없다. 다만 누군가에게 위로가 되고 싶은 한 사람인 동시에 위로 받고 싶어 하는 나약한 한 사람의 몸으로 지구별을 여행했다. 그리고 길 위에서 크고 작은 기적들을 만나는 행운을 누렸다.

내가 만났던 힐러들, 테라피스트들, 그리고 그저 스쳐 지나가거나 친구라는 이름으로 만났던 지구별 여행자들은 한결같이 내 가슴의 안부를 물어주었다. 뒤늦게서야 나는, 그들이 항상 자신에게도 똑같은 안부를 올리고 있다는 사실을 알게 되었다. 여기, 그들이 내게 가르쳐준 아홉 가지 아주 공손한 안부 인사를 소개하려 한다.

내가 직접 치유를 받고, 위로 받고, 이야기를 나눴던, 무엇보다 인간적인 매력이 흠씬 느껴졌던 힐러들의 이야기만을 모았다. 당신과 마찬가지로, 나는 그들이 수십 년 동안 연구한 힐링 테크닉에는 별 관심이 없다. 단지 나는 그들의 아름다움에 반했다. 그리고 그들은 나의 상처에 반했다.

그 과정들 속에서 나는 놀라운 한 가지를 깨달았다. 그들의 치유 방법은 모두 다르지만 신기하게도 같은 이야기들을 하고 있다는 것을. 그 이야기는 바로 내 인생 앞에 갖추어야 할 최상의 예의는 바람을 느끼는 것, 땅과의 연결을 되찾는 것, 자신과 화해하는 것임을.

당신의 가슴이 누구의 이야기에 머물러 쉴지 모르겠다.

몇 번째 안부 인사에 당신의 삶이 고개를 끄덕일지도 모르겠다.

다만 부디 당신도 화해하기를, 투쟁은 이쯤 해두고 위로 받기를.

기뻐 날뛰는 삶의 박자에 몸을 흔들며

지구별 여행, 아름답기를!

첫
번
째
안
부
인
사

"지금, 기분이 어떠신가요?"

기분파로 산다는 것,
그 화려한 라이프스타일에 관하여

'기분 내키는 대로' 사는 삶이라니, 어딘지 경박해 보여서 늘 망설였습니다.

'기분'이란 늘 오르락내리락 변덕스러워서,

신경 쓰거나 돌볼 필요가 없는 아이라고 생각했지요.

그 아이가 바로 인생, 바로 나 자신이었다는 걸 아주 늦게 깨달았습니다.

놀라 황급히 올리는 저의 사과를 받아주시기 바랍니다.

"나의 삶이여, 지금 기분이 좀 어떠신가요?"

오래 기뻐하고, 잠깐만 걱정하기

"결국은 기분의 문제입니다.
의학과 예술, 심리, 인간이 발명한 모든 것들은
결국 우리의 기분을 좋게 하기 위한 도구들일 뿐이지요.
우리가 좋은 기분일 때라야, 삶은 비로소 완성됩니다."
— 네팔의 시골의사, 레미

레미는 단번에 눈에 띄는 멋쟁이였다. 뭘 입어도 그가 입으면 멋졌다. 하다못해 셔츠 주머니에 아무렇게나 꽂은 볼펜도 더할 나위 없이 센스 있게 보이는 스타일의 사람이었다.

백발이 성성한 그의 머리카락조차도, 그가 두르고 있는 스카이블루 머플러에 맞춘 완벽한 코디로 보였다. 나는 스타일이 멋진 사람을 보면 그만 홀딱 반해서 어떻게 해서든 말을 걸고 마는 타입이다.

그는 그때 네팔을 여행하는 중이었고, 나는 그를 히말라야에

가기 전에 들른 휴양지 포카라(Pokhara)의 한 카페테리아에서 만났다. 내가 말을 걸었을 때 그는 진료 중이었다. 전직 내과 의사였던 레미는 비상용으로 갖고 온 얼마 안 되는 약들과 간단한 치료 도구들로 네팔의 시골 사람들을 돌봐주고 있었다.

그는 카페테리아의 위층에 있는 게스트하우스에 묵고 있었는데, 게스트하우스 주인집 아들이 배탈이 났을 때 그가 프랑스에서 갖고 온 설사약을 한 알 건네준 게 화근(?)이었다고 했다.

그 아들이 운 좋게도 단번에 나아버리자, 그 게스트하우스 주인 부부가 동네방네 소문을 낸 것이다. 게다가 그가 의사라는 사실까지 들켜버려 일은 더 걷잡을 수 없게 되었다. 졸지에 그는 카페테리아 한쪽에 예정에도 없던 간이 진료소를 차리게 되었던 것이다.

밭을 갈다가 독충에 물린 사람도 왔고, 수레를 끌다가 무릎 관절이 상한 사람도 왔으며, 감기에 걸린 사람, 부스럼이 난 사람, 아이를 가져서 입덧을 하는 여자도 왔다고 했다. 그가 아무리 '나는 내과 의사라서 골절 치료는 할 수 없다'고 설명해도 막무가내였고 '이제 갖고 온 비상약이 다 떨어져 줄 수가 없다'

고 사정해도 사람들은 꿈쩍도 하지 않았다고 했다.

게스트하우스 주인 아들의 배탈을 말끔히 낫게 해준 그 기적의 손길이 자신들의 병도 거둬 가줄 것으로 철석같이 믿고 있었으니까 말이다.

그 마음을 외면할 수 없어, 네팔에 머물게 될 남은 사흘 동안만이라도 그들과 함께 하면서 치료를 해주기로 마음먹었다고 했다.

"세상에, 이젠 약도 다 떨어졌다면서요?"

내가 기가 막히다는 표정으로 묻자, 레미는 한쪽 눈을 찡긋했다.

"약이란 게 다, 절반은 기분이거든요, 아가씨!"

내가 '플라세보(Placebo) 효과'라는 말을 처음 듣게 된 것은 그 네팔의 간이 진료소에서였다. 그는 어린아이처럼 천진난만한 믿음을 갖고 자기 차례를 기다리는 사람들에게 진하게 끓인 블랙티에 꿀을 넣어주기도 하고, 종합 비타민제를 빻아서 상처에 발라주기도 했다. 심각한 증상만 아니라면 대개 효과는 만점이었다. 선진국의 의사에게서 치료 받았다는 기분, 곧 나을 거라는 기분, 돌봄을 받고 있다는 기분을 그는 '처방'하고 있었던 것이다.

"마음속에 불안감은 없는지, 우울한 기분은 없는지 항상 주의해서 살피세요."

그 '기분 약'의 효과에 감탄을 금치 못하는 내게, 레미는 몇 번이고 이렇게 타일렀다.

그는 내게 많은 이야기를 들려주었다. 조금은 이해하기 어려운 이야기도 있었지만, 대부분은 고개를 끄덕이게 하는 이야기들이었다.

기분이란 마음에 대한 몸의 외과적 반응이다. 우울할 땐 식욕이 없다. 혐오스러운 것을 보면 닭살이 돋고, 이것저것 복잡한 생각들이 떠오르면 머리가 아프다. 충격을 받았을 땐 위경련을 일으키거나 호흡 곤란이 오기도 한다. 우리는 흔히 '기분'이라는 것을 '눈에 보이지 않는 어떤 것'이라는 정도로 생각하지만, 실제로 그것은 굉장히 '물질적인' 쪽에 가깝다. 먹는 음식이나 몸에 바르는 화장품보다, 어떤 의미에서 우리에게 더 큰 영향을 미치는 것이다.

몸을 가장 해치는 기분은 분노와 적개심이다. 분노를 느끼게 되면, 그 즉시 면역체계가 약해진다. 그리고 세포가 급속히 노화하기 시작한다. 스스로의 몸을 해칠 뿐만 아니라 분노와 적개심이 주위에 뿜어내는 공해는 탄산가스와도 비견할 수 없을 만큼 독성이 강하다.

화를 잘 내는 부모 밑에서 자란 아이들을 본 적이 있는가?

아무리 부유한 환경에서 지냈다 하더라도 그 아이들은 심리적, 신체적으로 허약하고 잔병치레가 많다. 동물이나 어린아이들은 특히 기분의 파장에 민감하게 반응하기 때문에, 시도 때도 없이 분노를 뿜어내는 부모 옆에 있어야 하는 아이들은 독성가스에 노출된 식물이나 마찬가지인 것이다.

나는 개를 두 마리 키우고 있다. 그 두 마리는 품종도 전혀 다르고 성별도 다르지만 우리 집을 방문하는 사람들을 종류에 따라 정확히 분류해낼 줄 안다. 처음 보는 사람이라 할지라도 '초대 받은 손님'들에게는 현관에서부터 꼬리를 흔들며 친밀감을 표시하지만, 외판원이나 달갑지 않은 사람에게는 사납게 짖으며 이빨을 드러낸다. 누가 가르쳐준 것도 아닌데 개들의 이 판별법은 틀린 적이 없었다. 늘 그걸 신기하게 여기고 있었는데, 기분의 물리적 영향에 대해 배우고 나서야 그 이유가 비로소 명확해지는 느낌이었다.

내 집에 초대 받은 사람들은 당당하고 즐거운 기분으로 현관문을 열고 들어설 것이다. 개들은 그 사람이 두르고 있는 기분을 읽고 그에 합당한 예우를 갖춘다. 하지만 불온한 의도를 품고 내 집을 방문하는 사람들은 불안과 초조, 공포의 냄새를 짙게 풍길 것이다. 예민한 개들이 그 의심스러운 기분의 냄새를 놓칠 리가 없다.

만약 당신이 집에 애완동물을 기르고 있다면 내 말을 단번에 이해할 것이다. 그 친구들은 당신의 기분을 귀신같이 알아챈다. 우울한 기분일 땐 슬며시 다가와 몸을 비비기도 하고 산책을 나가려고 마음먹은 순간에는 이미 꼬리를 흔들며 현관 주위를 맴돌기 시작한다. 우리의 '기분'이라고 하는 에너지는 그만큼 강렬하다. 우리가 입은 옷만큼이나 분명하게, 안팎으로 우리를 표현하고 있는 것이다.

기분은 또한 자성(磁性)을 띠고 있기도 하다. 비슷한 기분끼리 서로 끌어당기는 것이다. 이를 생화학적으로 설명하자면 수용체 돌기에 대해서 언급해야 한다. '수용체 돌기'란 우리 몸속에서 교환되는 모든 자극들을 관장하는 부분으로, 수용체를 갖고 있는 뉴런의 수상돌기를 말한다. 그 수용체 돌기의 모양을 결정하는 것은 바로 당신의 기분과 생각이다.

가장 쉬운 예가 우리가 먹는 음식이다. 튀긴 감자와 초콜릿을 씌운 도넛과 크림을 듬뿍 바른 빵을 주로 먹는 사람의 몸은, 그가 먹는 음식물의 모습을 고스란히 보여줄 것이다. 그리고 점점 더 그런 종류의 음식을 먹고 싶어 하게 된다. 마찬가지로 당신이 걱정하고, 화내고, 후회하는 데 대부분의 시간을 보낸다면, 그때그때의 기분을 먹은 당신의 '매력 수용체'는 그와 비슷한 다른 언짢은 감정들을 끌어당긴다.

많은 사람들이 '원하는 것'보다 '원하지 않는 것'에 더 집중하고 마음을 쓴다. 그것은 늘씬한 몸을 원하면서도 캐러멜 팝콘으로 끼니를 때우는 것과 마찬가지다. 우리는 즐거운 일보다 걱정되고 심각한 일들에 더 많은 시간을 할애해야 한다고 배워왔다.

"노는 건 나중에.", "놀면 뭐해?", "지금 이렇게 희희낙락 할 때가 아니지."라며 재빨리 골칫거리로 돌아온다.

문제를 하나 내겠다. 만약 당신이 수영 선수가 되고 싶다면 어디에서 시간을 가장 많이 보내야 할까? 그렇다. 물속이다.

그럼 다시 하나만 묻겠다. 만약 당신이 행복해지고 싶다면 어디에 가장 신경을 써야 할까? 그렇다, 행복이다.

그런데 당신은 "행복해지기 위해서."라고 말하며 스스로를 불행하게 하고 피곤하게 만드는 일에 대부분의 시간을 쏟아 붓는다. 간혹 기쁜 일이 일어났다 하더라도 그 즐거움에 오래 집중하지 못한다. 마치 그것은 '아주 잠깐만' 맛봐야 하는 것이라고 규율로 정해진 듯하다. 그것은 수영 선수가 되고 싶은 사람이 산에서 대부분의 시간을 보내는 것과 마찬가지다.

행복해본 적이 없는데 어떻게 행복해지겠는가? 설마 인생 최고의 가치인 행복이, 연습 없이도 얻을 수 있는 것이라고 생각하는가?

올림픽에서 금메달을 딴 선수가 있다고 하자. 그가 영광의 시상대에서 내려오자마자 기자들이 달려들어서 질문하기 시작한다.

"지금 기분이 어떠신가요?"

"아주 좋습니다. 모든 분들께 감사하고 싶습니다."

"다음 목표는 무엇인가요?"

"다음 올림픽에서도 좋은 기록을 내고 싶습니다."

단 한마디의 말로 지금의 행복한 기분에 관해 표현할 기회를 주고는 선수도, 기자도 고된 훈련과 스트레스 속으로 재빨리 돌아간다. 아이가 엄마 품으로 돌아가 마음을 놓듯 고통 속으로 들어가야 안도감을 갖는 것이다.

"고민하느라고 몇 날 며칠을 잠도 못 잤어."라는 말은 아주 쉽게 들을 수 있다. 하지만 "즐거워하느라고 며칠 동안 아무것도 못 했어."라는 말은 들어본 기억이 나지 않는다. '기쁨' 역에는 아주 잠깐 들러 물 한 병만 사들고는, 허겁지겁 '고민' 역에 당도해 호텔을 잡고 오래오래 머무는 것이 우리 감정의 여행법이다.

즐거운 일, 기쁜 감정이 일어났을 때 그 감정에 되도록 오래 집중하여 머물라. 같은 열차에 탄 사람들이 "뭐 해? 갈 길이 먼데, 왜 거기서 우물쭈물하고 있는 거야, 빨리 올라타(익숙한 고민 역에 가서 쉬자)!"라고 아우성을 칠 것이다. 그때 유유히 손을 흔들어주어라. "미안하지만 난 여기 좀 더 머물기로 했어."라고. 그들과의 여행은 그만 끝내라.

· ·‡· ·

나는 레미의 충고에 따라 그날부터 '기분 일기'를 쓰기 시작했다.

'무엇을 했다, 무슨 일이 있었다, 누구를 만났다' 위주로 쓰던 지금까지의 일기는 잊었다. 그의 말대로 '무슨 일이 일어났는가(What Happened)'가 아니라 '그래서 어떻게 느껴졌는가(So What)'에 초점을 맞추기 시작한 것이다.

내가 느끼는 세세한 기분들, 그 자잘하고 미세한 정서들을 무시하지 않고 찬찬히 들여다보고 챙기기 시작하자 정말 '기분'이 달라졌다. 무엇보다 내가 훨씬 더 존중 받고 있다는 느낌이 들었다. 스스로에게 대접 받고 챙김을 받는 느낌은 다른 사람의 친절에 의지할 때의 기분에 비할 바가 아니었다.

시간이 지난 뒤 읽어본 그 '기분 일기'의 첫 페이지는 롤러코스터를 탄 듯 어지럽게 오르내리고 있었다.

게스트하우스 골목, 꽃 파는 아주머니에게서 방울꽃을 조금 사고 나서 10분간의 기록

　마음속이 환해졌다. 자꾸 웃고 싶어서 자꾸 웃었다. 환한 마음으로 웃으니까 몸이 붕 떠오르는 것만 같았다. 공기쿠션 위를 걷듯이, 이렇게 가볍게 걸을 수도 있구나. 좋은 기분이 실핏줄을 타고 점점 퍼져가는 것을 느끼며 한 걸음씩 아껴 걸었다. 아, 전에도 잠깐 이런 기분을 느꼈던 기억이 있다. 나는 그때, 내 생애 최고의 순간에 서 있었고, 사람들은 나를 위해 박수를 쳤었다. 그 박수 속을 걸어 내려오면서 나는 꼭 지금처럼 느꼈다. 그 기분을 오늘 단돈 60원에 샀다니! 횡재를 한 기분에 더욱 으쓱해졌다. 라랄라… 최고다. 기분에서 향기가 난다.

게스트하우스에 돌아와 여권이 든 가방이 없어진 사실을 발견하고 나서 30분간의 기록

　아까 웃었던 것을 후회한다. 내게 이런 심술을 부리다니! 삶을 증오한다. 모두 짜고 한패로 나를 곤란에 빠뜨리기로 한 게 틀림없어. 마음이 길길이 날뛰고 있다. 그걸 진정시키려는 목소리도 들린다. 어느 쪽이 진짜 내 기분인지를 헤아릴 여유조차 없다. 화약 심지처럼 가슴 한복판이 타들어간다. 나는 그 화약 냄새를 맡을 수조차 있다. 기분 좋게 사 들고 들어온 볶음국수도 내팽개쳤다. 아무런 식욕을 느끼지 않는다. 나는 타들어가고 있어. 화가 난다기보다 절망에 가깝다.

그날 잠들기 전의 기록

　아니야, 제발 상황을 인정하고 마음의 평화를 즐겨봐. 너는 기뻐 날뛰거나 화가 나서 날뛰는 것 이외에는 할 줄 아는 게 없는 거니? 억지로 웃음을 지어보려다가 실패했다. 비참한 기분이 든다. 낮보다는 차분해진 느낌.

하지만 혼란은 여전하다. 치솟는 불길은 사라졌다. 그리고 기분에선 타고 난 재 같은 맛이 난다. 이런 기분으로 일주일만 지냈다가는 얼굴이 시커멓게 될 것이다. 그의 말이 맞다. 나는 지금 우울하고 시큰둥해져 있다. 차라리 아까의 분노 쪽이 지금보단 명랑했던 것 같다.

만약 지금까지 해오던 대로 썼다면, 그날의 일기는 분명 이랬을 것이다.

'오늘 아침에 게스트하우스 앞에서 방울꽃을 사서 돌아와보니, 여권 가방이 없어졌다. 어떻게 해야 하나?'

"웬만한 환자는 사랑을 하면 다 낫는다."

털어내거나, 두고두고 우울해하거나

"분노를 끌어안고 미적거리지 마라.
즉시 털어내지 않으면 보기 흉한 얼룩으로 남는다.
흔히 '트라우마(Trauma)'라고 불리는 영혼의 얼룩들은
상처를 그렇게 방치해서 생긴다."
— 힐링 마사지스트, 써니

써니는 내게 오토바이를 가르쳐주었다. '오토바이 타는 법'
이 아니라 '오토바이'를.

머리카락 끝부터 발가락 끝까지 공기와 부딪히며 움직이는
새로운 교통수단의 세계에 나를 입문시킨 것이다.

남(南)인도 케랄라(Kerala) 출신인 써니는 힐링 마사지스트
(Healing Massagist)였다. 치유를 전문으로 하는 힐링 마사지는
아유르베다(Ayurveda)라는 인도 특유의 치유 예술의 본고장으

로, 세계적인 스파(Spa)들이 운집해 있는 곳이다.

　그 고장에서 나고 자란 사람답게, 써니는 아직 젊은데도 아유르베다에 관한 온갖 지식과 갖가지 치유 방법에 정통해 있었다. 그리고 그가 늘 몸의 일부분처럼 지니고 다니는 불룩한 헝겊 가방 안에는 형형색색의 가루들과 씨앗들, 이름을 알 수 없는 오일들이 가득했다.

　"도대체 그것들을 다 어디에다 쓰는 거야?"

　그는 가만히 웃었다.

　"네 핸드백 안에 들어 있는 것들이랑 비슷해."

　그때 내 핸드백 안에는 빗, 거울, 구강 세정제, 손수건, 설사약(인도 여행 중이었으므로), 그리고 약간의 비상금이 들어 있었다.

　"이 오일을 정수리와 귀 뒤, 코 밑에 바르면 머릿속이 시원해지면서 긴장이 풀려. 그리고 이 나뭇잎에 녹색 가루를 조금 싸서 입에 넣고 씹으면, 입 안의 음식 냄새가 싹 가시고 소화가 잘 되지. 이 씨앗은 반쪽만 씹어 삼켜도 설사가 금방 멎고. 이 마사지 오일은 내가 개발한 건데, 발의 피로를 풀어주는 데 그만이야. 이것만 있으면 여행하다가 돈이 떨어질 걱정은 없어, 하하하.”

그의 ‘힐링 마사지’를 받으려면 예약을 하고도 일주일 정도를 기다려야 했다. 그가 일대에서 꽤 유명하기도 했지만, 그가 지독한 ‘기분파’라서 그렇기도 했다. 하루에 두 명 이상은 마사지 손님을 받지 않는다고 했다.

마사지란 사람의 기분을 다루는 기술이기 때문에 스스로도 기분이 좋을 만큼만 해야 한다는 것이었다. 그래서 하루 중 남는 대부분의 시간은 좋은 기분을 ‘충전’하는 일들을 하는 데 썼다. 낚시를 하거나, 춤을 추거나, 명상을 하거나……. 오토바이를 타는 것도 그의 기분을 좋게 하는 일들 중 하나였다.

내가 그의 집을 찾아가 마사지 예약을 마치고 돌아가려 할 때 그가 문득 물었다.

“네 게스트하우스까지 어떻게 돌아가?”

“운이 좋으면 택시를 잡고, 아니면 천천히 걸어가지 뭐.”

그는 이해할 수 없다는 표정을 지었다.

“왜 오토바이를 빌리지 않아?”

'오토바이라고?' 나는 지금까지 나와 오토바이라는 단어를 나란히 떠올려본 적이 없었다. 운전해본 것은 고사하고 뒷좌석에 매달려 타본 적조차 없었다. 오.토.바.이.라는 말, 왠지 자전거나 자동차와는 눈빛부터 다르다.

써니는 멍하니 서 있는 나를 납치하듯 그의 오토바이 뒷좌석에 태우고 게스트하우스까지 달려주었다. 내 생애 첫 오토바이가 된 그의 오토바이는 구식 혼다였다.

물소처럼 커다랗고, 색이 바래고, 굉장한 소리가 났다. '투투투투투……' 땅을 울리며 돌진하는 물소 떼 소리. 저녁 다섯 시 무렵, 망고 속처럼 발갛게 무르익은 촉촉한 공기 속을 '투투투투투……' 달리는 기분이란. 나무와 흙먼지와 땅 냄새가 맨몸으로 달려와 와락 안겼다. "써니! 이건 정말 최고야, 기분이 너무 좋아!"

달리는 오토바이 위에서 무언가를 이야기하려면 있는 힘껏 소리를 질러야 한다.

나의 오토바이 입문식은 그렇게 치러졌고, 바로 그다음 날나는 대여점에서 가장 작고 가벼운 오토바이('모펫'이라고 불렀다)를 빌렸다. '투투투투' 하는 엔진 소리와 함께 나의 기분은 날개를 달았다. 그리고 나의 기분은 좀처럼 그 기분 좋은 질주의 등 위에서 내리려 하지 않았으므로, 남인도에서 한 달가량을 더 머물러야 했다.

그의 힐링 마사지는 세 시간도 넘게 이어졌다.

미리 말하지만 그의 마사지는 나의 '기분'을 만지고 있었다. 그때까지 내게 '기분'이라는 건 그저 형용사에 불과했다. 좋거나, 나쁘거나, 우울하거나, 즐겁거나. 하지만 그의 마사지는 내게 '동사'로서의 기분을 느끼게 해주었다. 구부리고, 펴고, 뭉치고, 흐르고, 때로는 웃고. 한바탕 신나게 움직이고 난 뒤의 몸이 상쾌하고 나른하게 느껴지듯, 나의 기분은 한껏 움직이고 튕겨지고 만져져서 나른한 행복감에 젖어 있었다.

"이건 불공평해! 이렇게 근사한 기분을, 남인도까지 너를 찾아와서, 예약을 하고 기다리고, 비싼 돈을 지불하지 않으면 다시는 느낄 수 없다는 거야?"

그는 기분을 다루는 데 천재다. 보이지도 않는 기분을 동사처럼 멋대로 움직이게 하더니 이젠 먼지 취급을 한다.

"간단하게 기분이 좋아지는 법을 가르쳐줄게. 좋지 않은 기분들, 그러니까 부정적인 감정들은 먼지처럼 우리 몸속에 쌓이게 돼. 아주 사소한 것들이라서 무시해버리기 쉬운 잠깐의 나쁜 기분도, 어느 구석엔가 소리 없이 쌓여 있다고 보면 돼. 그것들이 어느 순간 재채기처럼 터져 나오는 게 분노야. 불같이 화를 내는 사람들을 잘 봐. 정말 별것 아닌 일에 분노를 터뜨리지? 그 작은 일은 재채기의 불씨를 당기는 것일 뿐, 사실은 켜켜이 쌓였던 기분의 먼지들이 한꺼번에 터져 나오는 거야."

그는 구두코보다 더 먼지가 앉기 쉬운 것이 우리의 기분이라고 했다.

"그때그때 털어내야 해. 그렇게 하지 않으면 소중한 기분의 결이 상해!"

그는 시범을 보여준다며 다섯 손가락 끝으로 톡톡톡 자신의 가슴 한복판을 두드린다.

"그게 다야?"

웃으며 고개를 끄덕인다.

"기분이라는 게 마음 깊숙한 곳에서부터 우러나오는 거라고 생각들을 하지만 실은 그 정반대야. 특히 나쁜 기분은 외부로부터 흘러들어오는 것이기 때문에 그것을 느끼는 순간에는 아직 우리 몸 표면에 붙어 있는 상태라고 보면 돼. 길을 걷다 보면 묻는 먼지와 다를 바가 없어. 기분이 나쁘다고 느끼는 순간에 그걸 느끼는 부분을 톡톡톡 손가락 끝으로 두드려서 털어주면 돼. 대부분 가슴 한복판이 답답하거나 머리가 아파지거나 어깨가 결리게 되지. '아, 먼지가 또 묻었구나.' 하고 톡톡톡 쳐내는 거야. 바로 하지 않으면 점점 깊이 스며들어서 몸속에 쌓이게 되니까 조심해."

구체적인 방법은 이렇다.

일단 크게 숨을 들이마신 뒤 입술을 조금만 벌리고, 치아 사이로 '스으……' 하는 소리를 내며 숨을 길게 내뱉는다. 그 내뱉는 숨에 힘을 뺀 손가락 끝으로 툭툭, 언짢은 기분을 느끼는 부분을 털어내듯 두드려주면 된다. 가슴 한복판이나 머리끝이 후련하다고 느껴질 때까지.

써니의 말에 따르면 그 기분 먼지가 몸의 표면에 머무는 시간은 보통 16초라고 한다. 그러니까 언짢은 기분을 느끼는 순간부터 16초를 초과하지 않는 시간 내에 재빨리 털어내지 않으면 안 되는 것이다.

"15초면 화내기에 충분한 시간이지, 하하하!"

털어낼 수 있다는 걸 몰랐다.

이 불안도, 조바심도, 묵은 상처들도. 무언가가 옷에 묻었을 때 그대로 오래 놔두면 얼룩이 섬유 속 깊숙이 스며들어 빨아도 잘 지워지지 않게 된다.

그의 말이 맞다.

지금 당신 표정이 보이나요?

"기쁜 일이 생겨야 기뻐한다고요?
한번 순서를 바꿔보면 어떨까요?
먼저 기쁜 마음을 가지세요. 그러면
기뻐할 거리들이 앞다투어 모습을 드러낼 겁니다."

— 이미지 컨설턴트, 베로니크 도밍고

'내 표정은 곧 인생에 대한 태도를 그대로 드러내기 마련'이라는 플라시도 도밍고(Placido Domingo)의 이야기를 그대로 옮겨본다.

인생에 대한 가장 큰 실례는 '시큰둥한 태도'다.

그것은 빨리 늙는 가장 효과적인 방법이기도 하다. 사랑의 반대말이 증오나 미움이 아니라 '무관심'이라는 것은 잘 알려진 이야기다. 우리가 삶에 대해 더 이상 흥분하지 않으면 에너지도 더 이상 우리를 위해 뜨거운 피를 나르지 않는다. 권태기에 접어든 부부처럼 시들하게 세포들이 노화해가는 것을 바라볼 수밖에 없다.

사람들은 무표정할 때의 자신의 얼굴이 어떻게 보이는지 잘 모를 것이다. 버스나 전철에서 무표정하게 앉아 있는 사람들의 얼굴을 보다 보면, 거울로 비춰서 보여주고 싶을 때가 참 많다. 대부분의 사람들은 틀림없이 자신들은 모르는 그 퉁명스럽고 시름 가득한 얼굴을 보면 소스라칠 것이다. 무표정한 순간에도 미간에 긴장 가득한 주름이 잡히고 입꼬리가 추를 매단 듯 처져 있다면, 그것은 '걱정거리'에 너무 신경을 썼고 '인생'에는 별로 신경을 안 썼다는 증거다.

나는 '바탕 표정'이란 말을 자주 사용한다. 집 안의 벽지 색깔처럼 내 얼굴 전체의 분위기를 결정하는 것이 바로 바탕 표정, 즉 평소의 표정이다.

성인의 경우 웃거나 울거나 찡그리거나 말을 하는 시간보다 무표정하게 있는 시간이 압도적으로 많다. 하루 중 대부분의 시간을 '그저 그런 얼굴'을 하고 지내는 것이다. 그런데 문제는, 사람들이 기억하는 '당신의 이미지'는 바로, 당신은 잘 모르는 그 무표정일 때의 얼굴이라는 사실이다. 조금 놀랐는가?

당신이 기억하는 당신의 얼굴은 양치질을 끝낸 뒤 거울을 보며 치약 광고 모델처럼 '씨익~' 웃는 얼굴일지 모르겠다. 하지만, 거울을 보기 전에 누구나 무의식적으로 얼굴 표정을 바꾼다는 사실을 알고 있는지? 친구들과 잡담을 하다가도 전화가 울리면 대번 목소리가 바뀌는 것과 같다. 그래서 스스로는 거울 속에 비친 '준비된 얼굴'만을 보게 되며, 그것이 자신의 표정이라고 믿어버리는 것이다. 사진에 찍힌 얼굴은 두말할 것도 없다.

하지만 미안하게도 다른 사람들에게 가장 많이 목격되는 당신의 얼굴은, 어쩌면 당신이 한 번도 본 적이 없는 시무룩하고 뚱한 얼굴일 것이다.

주위에 '웃는 상'인 사람도, '우는 상'인 사람도 있을 것이다. 그것은 가만히 있어도 웃는 듯한 얼굴, 그냥 아무렇지 않은데도 울상을 짓고 있는 얼굴이 실제로 있다는 의미다. 잠깐 딴생각을 하고 있었을 뿐인데 '화났어?'라는 말을 자주 듣는 사람이라면 바탕 표정을 점검해볼 필요가 있다. '화난 거 아니라

✳ ✳

는데 왜 자꾸 그래!' 하고 화를 내기 전에.

만약 당신이 그런 사람이라면 아주 특별한 용건이 있지 않고서야 주위에서 당신에게 말을 걸거나 무언가 부탁을 하기는 어려울 것이다. 반대로 '무슨 좋은 일 있어?' 하는 말을 자주 듣는 사람들도 있다.

"응? 뭐 특별히 좋은 일은 없지만…… 왜?"

당신은 여전히 밝게 웃는 얼굴로 대답할 것이고 알게 모르게 '늘 좋은 일이 있는 사람'이라는 인상을 주게 되어, 사람들과 기회가 쉽게 주위에 모여들게 된다.

에어컨이나 팬이 돌아가는 것처럼 낮게 윙윙거리는 소리를 생각해보자. 이미 귀에 익어버려 들리는지조차 몰랐던 그 소음이 갑자기 뚝 끊기는 순간, 뜻밖의 평화에 놀랐던 기억이 없는지? '웅웅웅웅……' 감정의 여백을 메우고 있는 시큰둥한 마음을 꺼버리기 바란다. "어떻게 지내?"라는 물음에 "그저 그렇지 뭐."라고 대답하는 것도 그만둬라.

좀 더 명랑하게 삶 속으로 뛰어들어라. 아이처럼 첨벙대며 놀아라, 감동하라, 즐거워하라, 그리고 당신의 얼굴을 생생한 삶의 증거로 삼아라.

조금만 힘들어하고 조금만 울고,
이제 그만 행복해지렴

마치 세상의 모든 것을
생전 처음 보는 듯 경이롭고 신기하게
바라볼 수 있다면.
못나고 보잘것없고 책잡힐 것만 있는 버둥대는 삶이 아니라,
그저 있는 그대로 소중하고 존엄한 나의 인생도.

아나스타샤는 무용가인 내 친구 캐롤라인의 세 번째 아기이
자 첫 딸이다.

캐롤라인은 동료 무용가이자 무대 연출자인 스페인 남자와
결혼했는데, 그는 호리호리한 몸집에 긴 머리를 하나로 묶어 내
리고 있어서, 뒤에서 보면 그 부부는 꼭 사이좋은 자매 같았다.

'웃는 아기(Laughing Baby)'
그것이 그들의 셋째 아나스타샤의 별명이었다. 이웃들은 모

두 아나스타샤를 그렇게 불렀다. 빵집 주인도, 거리의 청소부도, 산부인과 의사도, 목사도 모두 '웃는 아기'를 알고 있었다. 캐롤라인이 아장아장 걷기 시작한 아나스타샤를 데리고 나서면 온 거리가 방싯방싯 웃기 시작했다.

물기가 갓 마른 병아리 털 같은 베이비 옐로우를 나풀거리며 아나스타샤는 웃었다. 정말은 베이비 옐로우 같은 색은 없지만, 옅은 금발의 폴폴 날리는 색을 달리 어떻게 불러야 할지 모르겠다. '방싯' 웃기도 했고, '까르르' 웃기도 했고, '아항~' 하고 웃기도 했다.

내가 캐롤라인을 마지막으로 본 것은 3년 전이고, 그녀가 어딘가로 이사 갔다는 소식만 들었기 때문에 그날 그곳에서 다시 만나리라고는 상상도 하지 못하고 있었다.

한 아기가 과일 가게에 놓인 파인애플을 보며 까르륵 까르륵 웃고 있었다. 새콤하고 달콤한 웃음을 웃는데, 어쩜 딱 고만 한 크기의 파인애플 같았다. 나는 넋을 놓고 그 파인애플 아기를 보았다. 가게 안에서 볼일을 끝낸 아기 엄마가 뒤에서 그녀를 안아 들 때까지.

"세라?!?"

날 먼저 알아본 것은 캐롤라인이었다. 우리는 손을 잡고 펄쩍펄쩍 뛰며 반가워했다. 남편이 마침 스페인에 다니러 갔기 때문에, 캐롤라인은 친정이 있는 이곳에 돌아와 머무는 중이라고 했다.

"세상에, 이렇게 예쁘게 웃는 아기는 처음 봐!"

나는 진심으로 말했다. 그 작은 여자아이는 정말이지 온통 웃고 있어서 눈을 뗄 수도, 정신을 차릴 수도 없었다.

"얘는 아침에 '웃으면서' 눈을 떠."

캐롤라인이 행복에 겨운 얼굴로 말했다.

"그러고는 하루 종일 웃어. 얘랑 같이 있으면 나도 종일 웃을 수밖에 없어. 짜증도 안 내고 잘 울지도 않고……."

아기는 엄마의 팔에 안긴 채 나를 향해 젖병을 흔들며 웃었다. 물로 희석시킨 듯 옅은 오렌지 주스가 찰랑찰랑 흔들거렸다. 그 뿜어대는 웃음에 함께 웃지 않을 수 있는 사람은 아무도 없다. 그때 '툭!' 하고 플라스틱 젖병이 고물고물한 손에서 미끄러져 바닥으로 떨어졌다. 그 떨어진 모양을 보고 아기는 또 까르륵 까르륵 웃었다.

데굴데굴 동그란 젖병이 구르는 모양을 흉내 내듯 고개를 갸웃갸웃, 아무튼 한순간도 견디지 못하고 즐거워했다. 캐롤라인은 천천히 몸을 굽혀 젖병을 줍고 치마에 쓱쓱 닦아 아기에게 주었다. 아기는 돌아온 젖병을 향해 '세상에서 가장 행복한 웃음'을 또 지어 보였다.

어떤 작은 움직임에도 웃을 수 있는 아기. 아침에 웃으면서 눈뜰 수 있다면, 짜증도 안 내고 울지도 않을 수 있다면. 딱 고만 한 파인애플을 닮은 아기처럼, 그렇게 상큼한 하루하루를 보낼 수 있을 텐데. 사람들에게 내가 느낀 그만큼의 행복을 안겨줄 수 있을 텐데.

거울을 보고 '싱긋', 나를 보고 '싱긋' 웃어본다.

"불안도, 조바심도, 묵은 상처들도,
그때그때 털어주지 않으면
모두 상처가 된다구."

무언가가 있어야만 당신은 행복해지나요?

"이젠, 별장 따위 내게 필요 없어요.
당신에게 꼭 필요하다면 당신에게 줄게요.
그리고 당신도 필요 없어지면
다른 사람한테 줘버려요."
— 마임이스트, 마르코

그는 정말 그렇게 프랑스의 유명한 휴양지인 '니스(Nice)'에 있는 자신의 별장을 내게 덜컥 넘겨줘버렸다.

"난 이미 나이도 너무 들었고 부인은 얼마 전에 하늘나라로 갔기 때문에 별장 같은 곳에 갈 일이 없어졌어. 알다시피 내겐 아이도 없고. 그리고 난 이곳 태국이 너무 좋아. 이젠 쓸데없는 여행으로 진을 빼고 싶지 않아. 그러니까 젊고, 친구도 많고, 놀기 좋아하는 너에게 주는 거야."

마르코는 네 귀퉁이가 닳은 문서 같은 것까지 들고 와 내게 사인을 하라고 했다.

그때 난 아직 불어를 할 줄 몰랐기 때문에 무엇이 씌어 있는지 알 길은 없었지만, 근사한 성 같은 건물이 그려져 있었고 소유주 서명란 같은 곳이 비어 있었다.

그는 암 선고를 받은 마피아 보스같이 너그러운 표정으로 그곳을 손가락 끝으로 톡톡 가리켰다. 나는 행여 마르코의 마음이 바뀌기 전에 쏜살같이 사인을 했다.

"이제 그 별장은 네 거야!"

오오오! 체면치레를 못하는 나는 얼토당토않은 횡재의 기쁨을 감추지도 않은 채 그 서류를 안고 데굴데굴 굴렀다.

"정말이야? 정말이지? 나중에 돌려달라고 하기 없기야!"

마르코는 마임이스트였다.

한때 프랑스 전국 순회공연을 할 정도로 유명한 마임이스트였다고 한다. 장난꾸러기 소년처럼 눈빛은 여전히 싱싱했지만 용암처럼 흘러내린 주름진 피부가 그 명민했던 시절의 핸섬함을 덮고 있었다.

그는 가끔씩 내게 통조림 캔을 돌려 따거나 개미에 물리거나 하는 시늉을 간단한 마임으로 보여주곤 했는데, 나는 그때마다 번번이 속고 말았다.

"복숭아 통조림 따줄게, 조금만 기다려."

그는 이렇게 선선히 말하고 나서는 선반에서 통조림을 하나 꺼내 구식 캔 따개로 돌돌 말아가며 열심히 딴다. 캔 따개가 그 캔 언저리를 다 돌 때까지 내가 즐겁게 기다리고 있노라면, 마르코가 어느새 혀를 쏙 빼물며 '펑!'하고 캔 뚜껑을 단숨에 열어버린다. 원래부터 원터치 캔이었던 거다.

함께 복숭아를 먹으면서 이야기를 하다가 갑자기 그가 움찔한다.

"왜, 왜 그래?"

"개미가 물었나 봐."

그는 발목 언저리를 물린 듯 손바닥으로 몇 번 더듬더듬하더니 잔뜩 찡그린 얼굴로 개미 한 마리를 잡아 올린다.

"이놈이야!"

개미가 그의 손끝에서 바동바동한다.

"어디, 어디 봐!"

나는 개미를 자세히 보려고 그의 손끝으로 바짝 눈을 갖다 댄다. 물론 아무것도 없다. 아까 그의 손가락 사이에서 분명 움직였던 것은 뭐지? 그의 주글주글한 손가락과 표정이 만들어 낸 환상이었다.

"세라, 네 꿈은 뭐니?"

"딱히 뭐가 되겠다는 생각은 없어. 그냥 행복해지고 싶어."

"어떻게 하면 행복할 것 같은데?"

"글쎄. 요즈음 생각한 건데, 어딘가에 크고 근사한 집이 한 채 있었으면 좋겠어. 난 친구들이 많거든. 그들이 몇 날 며칠이고 마음 편히 놀러 와서 쉬다 가게 하고 싶어. 난 지금까지 가진 것 없이 늘 신세만 졌으니까."

그 말을 듣고 나자 그는 기다렸다는 듯이 벌떡 일어나 내게 그 별장 소유 증서를 넘겨준 것이었다.

그가 니스에 별장을 갖게 된 이야기는 이랬다.

서른 중반쯤에 프랑스의 한 시골 길을 버스로 달리던 중, 날이 어두워져 버스가 비탈 아래로 굴러떨어진 적이 있다고 했다. 버스 안에는 대여섯 명 정도의 승객이 타고 있었는데, 다행히 다친 사람은 없었지만 가로등 하나 변변히 없는 시골길에서 무작정 다른 차가 지나가기를 기다리는 수밖에 없었다고 했다.

사람들은 길 위에 옹기종기 모여 앉아 추위와 불안을 잊기 위해서 이런저런 이야기를 하기 시작했다. 세 돌이 갓 지난 딸 이야기를 하는 젊은 여자도 있었고, 여배우 '우마 서먼'과 꼭 닮은 자기 여자 친구 이야기를 하며 사진까지 꺼내 보이는 대학생도 있었으며, 파리에 빌딩을 여러 채 가지고 사업을 하고 있다는 중년의 남자도 있었다.

그들은 모두 '지금 여기엔 없지만, 어딘가에 그들이 갖고 있는 것'들에 관해 이야기했다.

마르코는 '지금 당장 지닌 것'을 이야기한 유일한 사람이었다.

블루진 주머니에 넣고 있던 지포 라이터를 꺼내 보이며 자랑을 늘어놓았던 것이다.

"제가 꽤 아끼는 물건이에요. 한 7년 정도 썼지요."

열심히 자랑했지만, 사람들은 지포 라이터 같은 하찮은 물건

따위에는 별 관심이 없었다. 그 대신 그가 뭘 '두고' 왔는지를 더 알고 싶어 했다.

"뭘 해서 먹고사나요? 집은 어디에 있나요? 여자 친구는 있나요? 차는 뭘 갖고 있나요?"

서른을 갓 넘긴 마르코는 그때 생각했다.

'아, 사람들을 행복하게 하는 건, 자신들이 갖고 있다고 생각하는 것들이구나. 지금 당장 쓸 수 있는 것이 아니더라도, 다시는 볼 수 없을지 모르더라도. 만일 여기, 아무것도 없는 시골길 위에서 삶이 끝난다 하더라도 저 중년의 신사는 파리의 빌딩들을 가진 채 눈을 감겠지.'

내게 주었던 니스의 그 별장은 그때 그 길 위에서 마련한 것이라고 한다.

물론 마음속에서.

"저, 실은 니스에서 돌아오는 길이에요. 그곳에 제 별장이 있거든요. 방이 여러 개라서 하루에 다 둘러보지 못할 때도 많지요."

‘오오!’ 사람들의 눈동자가 물이 오른 듯 반짝였다. 그들은 갑자기 마르코와 함께 있다는 것을 기뻐하기 시작했으며 이것저것 별장에 관해 물어오기 시작했다. 마르코 또한 기쁘게 모든 물음에 답해주었음은 물론이다.

나는 기꺼이 그가 지니고 다녔던, 흰색 벽에 하늘색 테두리가 둘러진 지중해 풍 별장을 내 마음속으로 ‘소유주 이전’을 했다.

나도 평생 질리도록 ‘별장주’ 행세를 하다가 어느 날 젊고, 친구 많고, 놀기 좋아하는 한 청년에게 넘겨줄 것이다. 물론 그 서류도 함께.

"실례지만 몇 살이세요?"

내 안의 아이,

그리고 그 아이를 키우는 아이에 관하여

가끔씩 당신이 몇 살인지 알 수 없는 순간이 있습니다.

까마득히 나이를 먹어버려 제가 도저히 따라갈 수 없는 진리를 이야기하는가 하면,

이젠 기억도 나지 않는 코흘리개 시절에 갖고 놀던 장난감이 그리워

눈물을 흘리기도 하는 당신이니까요.

매 순간 그 수많은 당신들과 눈 맞추길 원합니다.

하지만 대신 제게 가르쳐주세요.

지금 당신은 몇 살이신지요?

이 아이를 어쩌면 좋담!

"잘 돌봐주세요.
당신은 어리고,
어리고, 또 어리니까요."
― 심리상담가, 루스

루스는 이미 세 아이를 키워낸 엄마였다.

저스틴, 첼시, 웬디. 큰아들 저스틴은 파일럿이 되었고, 큰딸 첼시는 딸을 가진 엄마가 되었으며, 작은딸 웬디는 수학 선생님이 되었다.

"그리고 지금은 늦둥이를 하나 키우고 있어요."

루스는 이제 막 내게 그 늦둥이 이야기를 해줄 참이다.

늦둥이의 이름은 루스 2세, 아직 여섯 살배기인 그녀의 심장이다.

최면을 통한 '퇴행 요법'으로 어린 시절의 상처를 되돌아보게 하고 치유하는 심리상담가 루스는, 젊었을 땐 캐나다에서 20년 동안 육아 전문가이자 자녀교육 상담가로 일했다고 했다. 사람들은 그녀에게 아이들에 관한 모든 것을 물어왔다.

"우리 아이가 갑자기 말을 더듬어요."

"일곱 살짜리가 다시 이불에 오줌을 싸기 시작했어요."

"이유 없이 구토를 하고 열이 나요."

"아이가 강아지를 너무 괴롭혀요."

……

루스는 처음엔 대학에서 배운 대로 아동발달 이론에 맞춰 착실하게 대답해주었다고 했다. 하지만 자신이 엄마가 되고, 절대로 이론에 맞추어 자라주지 않는 아이들의 회오리가 한바탕 휩쓸고 지나가자, 마음이 바뀌었다. 아이의 행동보다 아이가 처한 상황을 묻기 시작했다. '가족 관계는 어떻게 되는지', '아빠는 아이와 잘 놀아주는지', '집안에 소리 지르는 사람은 없는지'…….

그러던 것이 세 아이가 모두 성장하여 엄마의 친구가 되고,

큰딸이 어느덧 자기 딸의 기저귀 가는 법을 물어왔을 때 루스는 충격에 가까운 느낌을 받았다고 한다.

"그때 첼시의 눈빛을 잊을 수가 없어요. 그 아이가 어릴 때 사탕을 달라고 조를 때와 똑같은 눈빛이었지요. '아이를 키우는 아이'의 애틋한 눈빛. 첼시는 아직도 나의 아기인데 말이지요."

그 뒤 말썽을 부리는 아이의 손을 잡고 온 엄마나 아빠들, 혹은 수화기 너머로 간절한 목소리를 흘려보내는 어린 부모들이 달리 보이기 시작했다. 처지를 헤아려주고 다독여줘야 할 대상은 아이들이 아니라, 바로 그 아이의 손을 잡고 어쩔 줄 몰라하는 부모라는 이름의 아이들이었던 것이다.

"스물 몇 살, 서른 몇 살 아이들이 부모가 되지요. 그 어리고 어린 사람들이……."

루스는 자신이 상담했던 한 모자의 이야기를 해주었다.

"한 젊은 엄마가 일곱 살 정도 되어 보이는 사내아이의 손을 끌고 상담실로 찾아왔어요. 키도 크고 통통한 체격의 그녀는 거의 울음을 터뜨릴 것 같은 얼굴이었지요. 아이가 밖에서는 얌전한데 집 안에만 들어오면 물건을 닥치는 대로 집어던지고 부수고 난장판을 만든다는 것이었어요. '매건'이라는 이름의 그 엄마는 아이가 그럴 때마다 당황스럽고 어쩔 줄 몰라 친정 엄마를 부르곤 한다고 했어요. 도대체 왜 이러는지 모르겠다고, 매건은 끝내 뚝뚝 눈물을 떨구다가, 아들이 볼세라 재빨리 스웨터 소매로 눈가를 닦았어요."

그때 루스는 사내아이의 작은 어깨를 붙잡아 엄마 얼굴 앞에 바짝 붙여 세웠다.

"리키, 엄마를 봐. 자세히 봐. 지금 엄마가 어떻지?"

"모르겠어요."

아이는 쭈뼛쭈뼛 대답했다.

"매건, 눈물 닦으려 애쓰지 말아요. 아이에게 눈물을 보여주세요. 울고 싶은 만큼 펑펑 울어요!" 루스가 아이 엄마에게 타이르듯 말했다. 그러자 그녀는 '엄마'를 내려놓고 터진 토마토처럼 엉엉 울다가, 급기야 마음속의 아이가 참아왔던 말들을 투정하며 뱉어내기 시작했다.

"모르겠어, 모르겠어! 내가 뭘 잘못했는지 모르겠단 말이야! 난 있는 힘껏 아이를 키웠을 뿐이야……. 엉엉……. 내 사랑을

다 주었다고……. 엉엉……. 때리지도 않고……. 죽고 싶을 때도 있었는데……. 엉엉……. 이렇게 살아서 아이를 지키고 있잖아……. 엉엉……. 힘들어 미치겠는데……. 그런데 왜 …… 왜!"

어린 매건은 발까지 구르며 고함을 쳤다. 한마디 한마디가 마치 자신이 아이를 키우며 했던 말처럼, 딸 첼시가 울며 지르는 소리처럼 애처롭게 와 닿아서 루스의 눈에서도 눈물이 넘쳐흘렀다.

'아아, 이 아이를 어쩌면 좋담.'

루스는 처음 보는 엄마의 모습 앞에서 반쯤 얼이 빠진 리키에게 다시 물었다.

"자, 이제 말해봐, 엄마가 어떻지?"

사내아이는 눈물이 그렁그렁 맺힌 채 대답했다.

"울고 소리치고…… 어린애 같아요."

"맞아, 리키, 엄마도 사실은 어린아이일 뿐이야. 너만 울면서 소리치고 싶은 게 아니야. 그러니까 때로는 네가 엄마를 동생처럼 잘 돌봐주어야 해."

처음 듣는 요구에 아이의 표정이 바뀌었다.

루스는 북받치는 진심으로 아이 앞에 무릎을 꿇고 정중하게 부탁했다고 한다.

"리키 씨, 우리 매건을 잘 부탁드립니다."

작년에 나는 일본 도쿄 근교인 치바현에 있는 한 초등학교의 초청을 받아 강연회를 한 적이 있다. 갓 입학한 신입생 자녀를 둔 엄마들을 위한 강연회였다. 나의 레퍼토리인 '행복한 코스모폴리탄(Cosmopolitan) 키우기'라는 주제로 이야기하기로 되어 있었는데, 최근 일본의 부모들이 자녀를 세계인으로 키우고 싶어 하는 욕구와 나의 주제가 우연히 맞아떨어져 기획된 이벤트였다.

학부모를 대상으로 한 강연은 처음인데다가, 아이를 키워본 적이 없는 터라 미리 학부모용 교육 도서를 몇 권 읽어두었다. 그리고 어린이들을 상대로 영어 강습을 하던 기억도 되살려 아이들의 언어 교육 파트를 보강했고, '열린 사람'으로 키우려 노력하셨던 우리 부모님의 에피소드들도 모아서 정리해 나름대로 성의껏 강의 준비를 해두었다.

"곤니찌와!"

고개를 숙여 인사를 하고 얼굴을 든 순간, 나는 머릿속이 하얘지는 느낌이었다. 그곳에 모여 있던 사람들은 내가 상상한 '학부형'이 아니라, 딱 내 또래의 여자 '아이들'이었던 것이다. 왜 진작 알지 못했을까? 일찍 결혼을 했다면 예닐곱 살 자녀를 두었을, 서른을 갓 넘긴 '애들'이 나와 앉아 있으리란 것을. 자녀교육서 따위는 더 이상 기억나지 않았다.

나는 순식간에 강연회 제목부터 바꿨다. '행복한 코스모폴리탄 키우기'가 아니라 '행복한 코스모폴리탄 되기'로.

일렬종대로 줄을 맞춰 놓여 있던 의자들도 마구 흩트려놓았다. 마음 내키는 대로 동그랗게 앉거나 혹은 지그재그로 앉게 했다. 그러는 사이, 정장을 차려입고서 수첩과 볼펜을 들고 떨어지는 말의 티끌까지 받아 적을 태세로 긴장하고 있던 친구들의 얼굴이 조금씩 풀어져갔다.

"아이들은 잊어버려, 네가 먼저 행복해져!"

나의 첫마디에 까르르 웃음을 터뜨리는 친구도 있었고, 무슨 소린가 멍한 표정을 짓는 친구도 있었다. 우리는 두 시간 동안 함께 '케세라 세라~' 노래를 불렀고, 초등학교 입학 무렵 갖고 있던 꿈에 관해 이야기를 했으며, 지금 마음속에서 가장 간절한 것들을 이야기했다. 게임을 하다가 틀리면 벌칙으로 자기소개를 해야 했는데 '남편과 아이 얘기 빼고' 내 얘기만을 해야 한다는 단서가 붙었다. 또 실제 나이는 밝히지 않아도 좋지만, 스스로 몇 살로 느끼는지는 꼭 밝혀야 했다. 엄마를 벗자 아이들의 표정이 놀랍도록 천진해졌다.

"나는 미도리야. 서른세 살인데, 딱 지금 내 딸 또래로 느껴질 때가 있어. 여섯 살 반. 그래서 둘이 바락바락 싸우기도 해. 회사에서 돌아오면 나도 누군가가 요구르트와 초코 과자를 챙겨주었으면 좋겠는데, 내가 치워주길 기다리는 잔뜩 어질러진 집 안을 보면 눈물이 나와."

"나는 유코야. 열세 살이야. 나는 화가가 되고 싶었는데 집안이 어려워서 실업계 학교에 진학해서 돈을 벌어야 했어. 장녀였기 때문에 일찍 철이 들었지. 화가의 꿈을 접은 때가 열세 살 무렵이었거든. 아직도 그림을 그리는 사람을 보거나 전람회에 가면 열세 살짜리 유코가 불쑥불쑥 뛰쳐나와.”

　아홉 살, 열두 살, 여섯 살, 혹은 열일곱 살……. 우리는 아이들인 채, 서로의 마음속에 성장을 멈춰버린 아이들을 만났다. 격식을 모르는 웃음과 눈물이 철없이 뒤엉켜 공기 속을 뒹굴었다.

　“나랑 하나만 약속해. 절대로, 절대로 희생하는 엄마 따윈 되지 않겠다고. 행복한 엄마, 행복한 여자가 되겠다고!”

　우리는 한 사람 한 사람씩 손가락을 걸고 맹세했다. 그것으로는 성이 차지 않아 한참 동안을 끌어안고 아까 한 약속을 되뇌었다.

　“행복해질게. 다시는 나를 혼자 내버려두지 않을게.”

　여기, 루스가 내게 가르쳐준, 내 마음을 행복한 아이로 키우기 위한 다섯 가지 육아 지침을 소개한다. 성인이 된 내가 내 안의 아이에게 해주어야 할 것들, 그리고 하지 말아야 할 것들에 대하여.

1. 홀딱 반할 만한 장난감을 쥐여주어라.

한나절을 푹 빠져 지냈던 장난감을 기억하는지?

내게는 다섯 살 무렵에 받았던 나무로 만든 블록 장난감이 그랬다. 모서리를 부드럽게 둥글린 정다운 나무토막들. 기쁨에 들떠 친구에게 보여주기 전에 나 혼자 실컷 갖고 놀았었다. 자랑하고, 함께 놀고, 숨 막히도록 즐거워하다 정신을 차려보니 해 질 녘이었던 기억. 삶에게 그 장난감을 선물하라. 최적 경험 (Optimal Experience), 행위에 깊게 몰입하여 시간 따위는 잊고 스스로의 자아까지도 깡그리 잊어버릴 만한 매혹적인 그 무언가를. 삶이 아름다운 흥분과 놀이로 물들어 어느덧 다가선 해 질 녘엔 달콤한 아쉬움을 달래며 "정말 즐거운 하루였어."라고 혼자 중얼거리도록. 아이들과 마음은 모두, 놀면서 자란다.

2. 울고 있으면 얼른 달려가 안아주어라.

우울하고 막막한 마음일 때, 그냥 내버려두는 것만큼 무책임한 일은 없다. 제발 얼른 무언가를 해주어라. 위로를 해줄 만한 사람에게 기대든, 눈물이 쏙 빠지는 영화를 보든, 정처 없이 달리든, 하다못해 충동구매를 하더라도 울고 있는 마음 그대로 제풀에 지쳐 잠들게 하는 것보다는 낫다. 살다 보면 그만한 고통은 받게 되어 있다고? 틀렸다. 고통을 느끼도록 내버려두는 당신이 있을 뿐이다. 위로거리를 마련해두고 필요하다면 매일 꺼내 써라.

3. 가끔은 알고도 속아주어라.

좀 너그러워져야 한다. 아이를 키워봤다면 알 것이다. 아이들은 때로 빤히 보이는 거짓말을 한다. 그때 버릇을 바로잡는다고 일일이 벌을 준다면 거짓말을 못하는 아이로는 자랄지 모르나 풀이 죽고 스스로에게 엄격한 아이가 될 것이다. 현명한 부모는 알고도 속아주는 법을 안다. 나는 웬디가 새로 산 신발을 놀이터에서 벗고 놀다가 낡은 신발과 바꿔 신고 들어와서는 "요정이 내 신발을 신고 싶다고 했어."라고 했던 거짓말을 기억한다. 웃음이 나왔지만, 순순히 고개를 끄덕여주었다. 마음도 우리에게 빤한 거짓말들을 한다. 악의에 찬 거짓말만 아니라면 가끔 그냥 고개를 끄덕이고 넘어가줄 것을 권한다. 부모가 너무 깐깐하고 엄격하게 굴면 아이들이 밤에 오줌을 싼다는 사실을 아는가?

4. 빨리 결정을 내리라고 다그치지 마라.

"너 이거 먹을 거야, 안 먹을 거야? 먹을 거면 지금 당장 싹 먹고 그렇게 뭉그적댈 거면 접시 치운다!", "그래서 갈 거야, 안 갈 거야? 갈 거면 지금 빨리 해!", "엄마가 좋아, 아빠가 좋아? 빨리 대답해." 아이는 그림책을 좀 보다가 먹을 작정이었다. 국이 식건, 콘플레이크가 눅눅해지건, 그게 아이에게 무슨 상관이란 말인가? 엄마도 좋고 아빠도 좋다. 양자택일, 지금 당장이 아니면 없어지는 기회들은 아이의 부드럽고 신축성 있는 뇌와 세계관을 딱딱하게 응고시켜버린다. 보자기로는 무엇이든 쌀 수 있지만, 유리병에 담을 수 있는 것은 아주 제한적이라는 것을 기억하길. 제발 마음을 다그치지 좀 말아라.

5. 잘할 때까지 잘한다고 말하기를 멈추지 마라.

칭찬, 칭찬! "내가 어릴 때 부모님께서 조금만 더 칭찬해주셨더라면 내 삶은 분명 달라졌을 거예요."라고 말하는 무수한 사람들을 만났다. 한 유명한 작가는 평생 동안 아버지에게 칭찬 받았던 기억이 없다는 사실로 괴로워하다가, 죽음을 얼마 앞두고 나를 찾아왔다. 나는 그를 가벼운 최면으로 세 살 무렵의 시간으로 데리고 갔고, 그곳에서 그는 "마이클, 참 잘 달리는구나!" 하는 아버지의 목소리를 들었다. 그 순간 '흑!' 하고 그의 삶 전체가 흐느끼는 소리가 들렸고, 며칠 뒤 그는 행복하게 눈을 감았다. 칭찬의 말이란, 그만큼 중요하다. 지금 당신 곁에 붙어 서서 끊임없이 칭찬해줄 수 있는 사람은 오직 당신뿐이다. 스스로를 비난하지 마라. 당신은 비난 받을 사람이 아니다. 혹시 부모님께 충분한 칭찬을 듣지 못하고 자랐다면 지금이 기회다, 아낌없는 칭찬을 퍼부어라. 마음이 흡족해할 때까지.

"우리가 다독여주어야 할 사람은
아이가 아니라 부모예요."

인형의 집으로 놀러 오세요

"인간에게 신이 물려준
가장 큰 유산은 상상력입니다.
상상할 수만 있다면 치유할 수 있어요.
그 어떤 상처라도!"
— 상상 치유사, 닉

"지금부터 마음속으로 들어가겠습니다. 당장은 아무것도 보이지 않습니다. 새벽이라 자욱한 안개에 싸여 있어요. 그 자리에 선 채로 조금만 기다리세요. 차츰 안개가 걷히고 햇살이 들어오기 시작합니다. 주위 풍경들이 조금씩 모습을 드러내지요? 눈앞의 길을 따라 걸어갑니다. 길 끝에 서 있는 집을 향해서 가는 겁니다. 집이 보이나요? 그 집은 어떻게 생겼나요? 지붕 색깔은 어떤가요? 낡고 작은 집인가요, 크고 화려한 집인가요, 탁 트인 회랑 같은 곳인가요? 창문 틈으로 안쪽을 바라보세요.

그 안에 누군가가 있나요?"

확실히 나는 무언가 잘못하고 있는 것 같았다.

자욱한 안개 따위도 보이지 않았고, 집은 벌써 스무 번도 넘게 두서없이 모습을 바꾸고 있었다. 과자로 지은 집, 통나무집, 난쟁이들이 사는 숲 속의 작은 집, 기사가 지키고 있는 성으로 마구마구 모습을 바꾸다가, 끝내 아담한 벽돌집으로 낙찰을 본 나의 집 안에는 아무도 없었다.

나는 마음이 조금씩 불편해지는 것을 느꼈다. 원래부터 그곳에, 내 의식 깊숙한 곳에 자리 잡고 있던 집 한 채를 보고 싶었는데, 나는 그저 내 변덕에 따라 맹랑한 이미지 놀이를 하고 있는 것 같았다.

'상상의 힘을 이용한 치유 세미나'에 참가하고 있는 중이었다. 그리고 이제 막 이론 설명이 끝나고 실전에 들어가기 위해, 세미나를 리드하는 닉(Nick)이 우리의 눈을 감게 한 뒤, 최면술사의 예의 낮은 목소리로 의식을 유도하고 있는 참이었다. 그런데 나는 그게 잘 되지가 않았다.

"좋습니다. 문을 열고 안으로 들어가겠습니다. 실내를 꼼꼼히 둘러보세요. 카펫의 무늬는 어떤가요? 커튼의 색깔은? 집

안에서 어떤 냄새가 나나요? 누군가 있다면 그는 누구인가요? 당신을 반갑게 맞아주나요? 위층으로 올라가는 층계가 있다면 그 층계 위로도 올라가보세요. 편안한 마음을 유지하면서 천천히 살펴보세요. 그 안에 있는 사람과 대화를 해도 좋습니다. 방 안이 어둡다면 문을 열고 다시 나오십시오. 그리고 손에 전등을 들고 다시 들어가보세요. 이제 보이지요? 무엇이 보이나요? 누가 있나요?"

이윽고 무의식 속의 집에서 나와, 눈을 뜨고 각자의 모험담을 나누는 시간이 이어졌다. 놀랍게도 다른 사람들은 그곳에서 아름다운 여성이 대접해주는 양파 수프를 먹기도 했고, 반짝이는 와인 창고 열쇠를 건네받기도 했으며, 지하에서 솟아나온 검은 괴물과 싸워서 이기기도 했다고 했다.

그런 다채로운 체험담들은 훌륭한 예시가 되어주었고, 닉은 그 의미를 하나하나 해석해주었다. 나는 점점 더 마음이 불편해졌다. '내 차례가 되면 무슨 이야기를 해야 하나?'

떠오른 영상들 중 가장 그럴듯한 것들을 골라서, 다른 사람들과 비슷한 이야기를 만들어볼까 하다가 그만두었다. 솔직하게 말하는 쪽을 택하기로 했다. 다른 이들을 위한 텍스트를 하나 더 제공하기보다는, 먼저 나 자신이 치유 받길 원했으니까.

"어떻게 들으실지 모르겠지만…… 저는 아무것도 보지 못했어요. 실은, 너무 많은 것이 뒤죽박죽 떠올라서 뭘 보았다고 이야기해야 할지 모르겠어요. 아직 집 모양도 결정을 못했는걸요."

마음씨 좋은 형사 같은 외모의 닉은 너털웃음을 터뜨렸다.

"그래요? 그럼, 집 모양을 고르고 있는 그 사람과는 말을 나눠봤나요?"

이렇게 묻고는 다음 말을 이어갔다.

끊임없이 떠올라 괴롭히는 어두운 기억이 있는가? 열등감 때문에 사람 앞에 나서기가 두려운가? 격한 감정이 이성을 눌러버려 후회한 적이 한두 번이 아니지 않은가? 당신이 가장 먼저 할 일은 그 감정들에게 육체를 부여하고, 옷을 입히고, 이름을 붙여주는 일이다.

이때 당신의 상상력을 최대한 활용하라. 확실하게 눈에 보이는 상대는 훨씬 상대하기 쉬운 법이다. 이름까지 알고 있다면 더더욱 쉽다. 당신을 괴롭히는 어떠한 감정이든 베일에 가려진 모호한 무엇으로 남겨두지 마라. 어둠이 두려운 이유는 단지 그 안에 무엇이 있는지 알 수 없기 때문이다. 불을 밝혀라! 그 얼굴을 똑똑히 봐라! 그러면 벗어날 수 있다. 심지어 사이좋게 지낼 수도 있다!

나의 해묵은 감정들과 사이좋게 지낼 수도 있다는 대목이 가장 마음에 들었다. 닉은 내게 일단 '집'의 이미지를 굳히는 작업을 하라고 충고했다.

"매일 몇 번씩이라도 마음속의 집으로 돌아가는 연습을 해보세요. 그러다 보면 가장 자주, 반복적으로 떠오르는 이미지가 있을 거예요. 그 집의 모양을 노트에 그리세요. 그 안에 살고 있는 사람들과 만나는 것은 그다음의 일이에요."

역시 하루아침에 되는 일이 아니었다. 흔히 이 작업은 '들여다보기', '상상하기', '시각화하기', '이름 붙이기', '거리 두기', '사이좋게 지내기'의 과정을 거친다고 했다.

나는 상당히 산만한 스타일이었기 때문에 이리저리 날뛰는 기분들을 분류해서 시각화하고 이름을 부르기까지 일주일간의 끈기가 필요했다. 그리고 드디어 초등학생 무렵 목숨보다 사랑했던 '미미의 집' 세트를 다시 한 번 마음속에 지어 갖게 되었다. 금발의 마론 인형 '미미'를 주인공으로 그녀가 살고 있는 이층 집과 그 안의 침대, 싱크대, 식탁, 찻잔 세트까지 갖춘 장난감 세트 말이다.

그 안에는 세 명의 인물들이 살고 있다. 한 명 한 명이 낯설기 짝이 없었기 때문에 그들을 처음 만났을 때, 난 괴상한 인사말을 건네고 말았다.

"당신을 만나다니, 정말 이상하군요(Strange to meet you)!"

그들의 성격도 낯설었지만 불쑥불쑥 내가 전혀 예상치 못했던 삶의 장면에서 맞닥뜨리곤 했기 때문에, 어쩌면 가장 솔직한 인사말이었는지도 모른다.

"당신을 만나다니 정말 이상하군요. 아시다시피 굳이 얼굴을 보지 않고도 살아갈 수 있는 사이였는데 말이지요. 그리고 지금 여기서 당신을 만나다니 그건 더더욱 이상하군요. 당신이 왜 거기 서 있는지 모르겠네요. 저는 단지 친구와 차 한 잔 하러 나가고 있는 중입니다만, 잠시 길을 좀 비켜주시겠습니까?"

나와 그 괴상한 만남을 이어가고 있는 내 안의 인물들을 소개한다.

허리 양(Miss Hurry)은 질끈 묶은 검은 머리에 운동화를 신고 큰 가방을 매고 늘 어디론가 달려가고 있는 분주한 아가씨다. 야단스럽고 쉴 줄을 모르기 때문에 쓸데없이 많은 곳을, 쓸데없이 빨리 돌아다닌다. 때문에 나와도 가장 자주 부딪힌다.

폴라이트 여사(Lady Polite)는 사감 선생님 같은 중년의 여자다. 목소리와 표정이 엄마와 많이 닮아 있다. 그녀가 주로 하는 일은 나머지 등장인물들의 품행을 꾸짖거나 바로잡는 일이다. 늘 깊은 한숨을 탄식처럼 내뱉으며 '흐음…, 또 일을 저질렀군.' 아니면 '그런 식으로 하지 말라고 그토록 타일렀건만….' 이라고 말한다.

그리고 리벤지 보이(Revenge Boy). 항상 머리를 헝클어뜨리고 다른 사람들의 말에 대꾸조차 잘 하지 않는 삐딱한 소년이다. 덥거나 춥거나, 넘치거나 모자라는 것을 참지 못한다. 누군가가 자신에 관해 말하는 것에 신경을 곤두세우고 있으며, 행여 비난의 말이 들려올 때면 반드시 복수하리라 주먹을 움켜쥔다. 기분이 아주 안 좋을 때는 벌컥 화를 내며 싸우려 들기도 한다.

어떠한 감정에 부딪히더라도 거의 어김없이 그 셋 중 한 명이 그 감정의 길목에 서 있었으며, 나는 닉의 말대로 그들의 이름을 부르고 인사를 나눴다.

"요즘 들어 자주 만나는군요, 리벤지 보이. 이러고 다니는 걸 폴라이트 여사도 알고 있나요?"

아니나 다를까 곧 뒤따라온 폴라이트 여사가 아직도 씩씩거리는 사내아이의 손목을 잡고 황급히 무대에서 사라진다.

인간이 하는 놀이는 크게 네 가지로 나뉜다고 한다.

아곤(Agon), 알레아(Alea), 일링크(Ilinx), 미미크리(Mimi-cry).

'아곤'은 몸으로 겨루어 경쟁을 하는 게임이다. 모든 스포츠 종목이 이에 해당된다. '알레아'는 확률과 요행을 바라는 게임이다. 주사위, 빙고, 파친코, 경마 등이 이에 해당된다. '일링크'는 일상적인 지각을 변형시켜 스릴을 맛보는 활동을 말한다. 회전목마, 번지점프, 스카이다이빙 등. 마지막으로 '미미크리'는 가장 세련된 놀이 형식으로서 대안적 현실을 창조하는 일련의 활동을 일컫는다. 춤, 연극, 사이코드라마, 가장무도회 등이 그것이다. '미미크리'는 결국 모방게임이다. 환상, 가장, 변장을 통해 현실의 자신의 모습으로부터 놓여나는 것이다.

닉이 제안한 이 '미미의 집 놀이'는 '미미크리'의 극치를 보여주었다. 나는 여기에 있고, 나라는 이름으로 움직이는 이들과 그들이 사는 집을 구경한다. 가끔은 어느 쪽이 진짜 나인지 헷갈릴 때도 있지만, 꽤 재미있다. 한번 해보길 바란다.

"가장 먼저 해야 할 일은 내 감정을 아는 일이에요."

죽기 전에, 잠깐 내 말을 들어봐

"그 아이들에게 전해줘.
'의미가 있기 때문에' 살아가는 것이 아니라
'살아가는 데' 인생의 의미가 있는 것이라고."
— 농부, 엘머 할아버지

엘머는 감전된 듯 벌떡 일어섰다.

"뭐, 열 몇 살짜리들이 스스로를 죽이고 있다고? 왜? 그 아이들이 뭘 짊어지고 있기에? 어른들이 대체 무슨 짓을 한 거야?"

타닥타닥, 그의 눈 속에선 모닥불이 튈 듯했다. 부쩍 늘어난 청소년 자살에 관해 내가 이야기했을 때였다. 바작바작 속이 타는 듯 안타깝게 물어대는 그 앞에서 어른이라기엔 철이 없고, 아이라기엔 형편없는 양심을 가진 나는 대답 대신 고개를 숙였다.

중학교 3학년 때였을 것이다. 나도 죽고 싶었다. 그냥 모든 것이 무의미했다. 내겐 '너는 공부만 하면 돼', 다른 말로 하면 '공부 이외의 것은 할 생각 마.' 하고 친절하게 말해주는 어른들이 있었고, 누구나 그렇듯이 어울려 다니는 친구 몇몇과 신경에 거슬리는 친구 몇몇이 있었다. 야간 자율학습이 끝나고 사 먹는 아이스 바는 세상에서 제일 맛있었으며, 시험 전날에는 지진으로 학교가 폐교되기를 기도했다.

당시의 내가 배우고 집중해야 하는 것은 '기다림'이었다. 언제 올지 모르는 자유롭고 빛나는 '그때'를 위해 지금은 책상 앞에 앉아서 9시간의 수업과 4시간의 자율학습을 견디는 것.

"지금은 그럴 때가 아니야, 기다려, 기다려."

"너는 지금 학생이야. 학생의 본분은 기다림이야. 그냥 작은 아이스 바와 수학여행으로 견디면서 기다려봐."

그런데 어느 날 온몸에서 힘이 쭉 빠지면서 그 모든 것들에 지쳐버렸다. 제발 그 가지런한 빵틀에서 나를 빼내오고 싶었다. 미래란, 지금 아무리 뜨거워도 빵틀 안에서 잠자코 견뎌야만 근사하게 부풀어 오르는 케이크라고 어른들은 당부했지만, 이미 케이크 따위는 아무래도 좋았다. 나는 허무하고, 속상하고, 피곤했다.

엘머는 오래된 술통 같은 손가락을 깍지 낀 채 내 이야기를 들었다. 70년이 넘게 그의 삶을 담고 익혀온 그 투박한 손가락들이 곰곰이 생각을 하는 듯 가끔 까닥까닥 움직였다.

엘머는 농부였다. 젊은 시절엔 고기를 잡았고 지금은 포도밭을 가꾸고 있다.

"15년은 바다에서 뒹굴었고 43년은 밭에서 뒹굴었지."

그는 자신의 인생을 그런 식으로 표현하길 좋아했다. 그리고 일흔여섯이라는 자신의 나이를 누가 굳이 물어보지 않아도 자랑스레 밝히며 가슴을 쭉 폈다.

"나이 든다는 건 정말 근사한 일이야! 사람이란 해를 거듭할수록 맛있는 포도가 열리는 포도나무 같은 거거든."

그렇게 말하는 그의 주름살은 눈이 부셨다. 그리고 아직 신맛만 가득한 포도나무인 나를 부끄럽게 만들었다.

평생 TV를 집 안에 들여놓은 적도, 신문을 구독한 적도 없는 엘머에겐 내가 전하는 '요즘 아이들'의 좌절과 고뇌가 소스라치게 놀라운 것이었나 보다. 쾌활한 그가 한동안 말이 없었다.

이윽고 깊고 깊은 생각의 통 속에서 그가 꺼낸 말은 달고도 묵직했다.

"아이들에게 이 이야기를 꼭 전해줘. '의미가 있기 때문에' 살아가는 것이 아니라, '살아가는 데' 인생의 의미가 있는 것이라고. 여행이 왜 멋지지? 짐을 꾸리고, 지도를 찾고, 돈이 떨어지고, 황홀한 풍경에 넋을 잃고, 길을 잃고, 추운 밤을 지새우고, 천사와 악당을 만나고, 가끔은 울고도 싶어지는데 왜 사람들은 길을 떠날까? 다름 아닌 그 모든 걸 직접 느껴보기 위해서지. 고생을 각오하고, 위험을 알면서도 떠나는 거야. 떠나고 느꼈다는 데 의미가 있는 거니까.

우리의 삶은 그렇게 스스로 선택한 여행이라고, 그 아이들에게 일러줘. 마음 가득 느낌과 감동을 담으러 떠나온 길이라고. 그러니까 그 길 끝까지 한번 가보라고. 좌절이 오면 좌절을, 슬픔이 오면 슬픔을, 기쁨이 오면 기쁨을 기꺼이 느끼면서 그 길을 즐겨보라고. 타고 가는 버스가 마음에 들지 않는다고 여행을 그만두어버린다면 너무 아깝지 않아? 진짜 멋진 풍경은 버스에서 내려서 시작되니, 제발 그 '사춘기 버스'에서 뛰어내리지 말라고 일러줘.

그리고 우리의 여행은 반드시 돌아갈 날이 있기 때문에 아름다운 거라고. 돌아와서는, 모아온 추억들을 차곡차곡 이야기하며 웃기 위해서 그렇게 슬프고도 행복했던 거라고, 틀림없이 그렇다고, 이 늙은이의 말을 네가 잊지 말고 전해줘야 해."

나는 그의 손가락에 입을 맞추며 약속했다. 나의 목소리가 닿는 곳까지 그의 이야기를 전해주겠노라고, 그리고 나 또한 흔들림 없이 이 정답고도 사치스러운 여행을 계속하겠노라고.

약속을 지키기 위해 내가 한마디 하는 것을 허락하기 바란다.

만일 그대가 아직 어리다면, 그리고 아직도 죽고 싶다면, 여기 엘머 할아버지의 이야기를 다시 한 번 돌이켜보길. 그리고 그대의 삶이 술통 속에서 그윽하게 익어가는 것을 지켜보길. 죽음은 그 술을 한잔한 뒤에 생각해도 늦지 않을 테니. 알겠지만 술을 마시려면 스무 살은 넘어야 한다는 사실 또한 기억하길.

"오늘은 뭘 드셨나요?"

먹는다는 것,
몸을 관통하는 모든 것들에 관하여

몸을 받아서 얼마나 기쁜지 모릅니다.

이 민감한 탐사선 안에 숱한 감정들이, 음식들이, 소리들이,

촉감들이 머물다 갑니다.

애인에게 줄 말을 고르듯, 몸 안에 고운 것들만 들이고 싶었는데

어느새 부랑아들이 거쳐 가는 숙소처럼 황폐하고

지저분한 것들이 잔뜩 쌓여 있네요.

"나의 삶이여,

오늘은 제가 당신의 집 안에 무엇을 들이길 바라시나요?"

그런 걸 먹고도 괜찮겠습니까?

"당신의 몸에
무엇을 넣고 있는지,
유심히 보고 있길 바래요."
— 카운슬러, 션

내 생애 최초의 단식은 스물일곱 살 무렵, 인도에서 요가를 배우기 위해 스승을 찾아갔을 때 이루어졌다. 남인도에 있는 작은 요가 공동체에서였다.

예순이 넘었다는 사실이 믿기지 않을 정도로 균형 잡힌 몸매가 아름답던 스승은 가장 먼저 내게 물었다.

"물론 채식주의자겠지?"

순간 당황했지만 나는 솔직하게 고개를 가로저었다. 스테이크와 생선구이를 가장 좋아했으므로. 스승은 곤란하다는 표정을 지었다.

"몸이 깨끗하지 않으면 요가를 해도 소용이 없는데…… 쯧쯧."

몸속에 쌓인 독소를 먼저 제거하지 않으면 호흡도, 아사나(요가 동작)도 무용지물이니 일주일간 소금과 물만으로 몸속을 씻어내라는 명령이 떨어졌다. 나는 그때까지 단식은커녕 그 흔한 다이어트 한 번 해본 적이 없는 식도락가였다. 먹는 즐거움을 포기한다는 것은 생각만 해도 인생이 공허해지는 느낌이었다. 하지만 해야 했다.

아직도 생생하게 기억한다.

일요일에 시작되었던 단식이 끝나던 그다음 주 일요일 아침, 날 위해 준비된 파파야 주스 한 잔의 환희! 그 빛깔, 온도, 감촉, 향기, 그리고 드디어 팡파르처럼 울려 퍼지던 그 맛을. 단 한 모금에 온몸의 세포들이 파파야 향으로 물들었다. 깨끗한 첫눈 위로 걸어가는 발자국처럼, 내가 입에 넣은 그것이 곧바로 내 몸속에 스며들어, 또렷한 자취를 남기며 나의 일부가 되는 것이 투명하게 눈에 보였다.

'먹는다'는 것이 얼마나 큰 일인지! 그것이 몸을 가진 존재에게 있어 얼마나 결정적인 세레모니인지 똑똑히 느낄 수 있었다.

그 뒤 일주일간 나는 먹는 것에 극도로 까다로워졌다.

반짝이는 새 차에 행여 먼지라도 앉을세라, 생채기라도 날세라 애지중지하는 사람의 마음처럼, 27년 만에 되찾은 깨끗한 혈관과 위와 조직들에 행여 불온한 성분이 스며들세라 매끼 먹을 음식을 고르고 또 골랐다. 그리고 정성껏 씹어서 투명해진 몸의 구석구석과 함께 맛을 보았다. 이제야 내가 무엇을 먹는지 확실하게 보이기 시작했다. 그리고 지금까지 생각 없이, 습관적으로 먹었던 불필요한 모든 음식들이 괴로운 과거처럼 떠올랐다.

친구들과 만나면 으레 페퍼로니를 잔뜩 얹은 피자를 콜라와 함께 먹었으며, 콘 아이스크림을 손에 들고서야 거리로 나왔다. 그다지 배가 고프지 않을 때도 그냥 '입이 심심해서' 무언가 냉장고에서 꺼내왔으며, TV를 볼 때에는 습관적으로 초콜릿을 입힌 막대 과자를 먹었다.

신나게 이야기를 하면서, 복잡한 길을 걸으면서, 혹은 TV프로그램에 빠진 채 먹었으므로 무엇을, 얼마나 먹는지도 알지 못했다. 한참 웃다 보면 과자 봉지가 텅 비어버리는 일이 태반이었다. 한마디로 몸과 입이 따로 놀았다. 몸이 필요한 것에 입은 관심이 없었으며, 입이 먹는 것은 몸 상태와 무관했다. 대화 없는 가족들처럼 입맛은 입맛대로, 몸은 몸대로 지치고 병들어 가고 있었던 것이다.

무엇보다 몸에게 미안했다.

그칠 줄 모르고 밀어넣었던 과잉 탄수화물과 당분과 산화된 지방 덩어리들에 대해서. 그것을 감당하느라 녹초가 되었을 위와 세포들 앞에 일일이 무릎 꿇을 수만 있다면, 나는 그렇게 했을 것이다.

안타깝게도 그 바람직한 식습관은 일상생활로 돌아온 지 채 두 달도 안 되어 흐지부지 예전으로 돌아가버리고 말았다. 음식의 홍수 속에서, 자잘하게 신경 써야 할 수많은 일들 속에서 투명하게 보였던 음식의 행방이 또다시 묘연해져버렸던 것이다.

몇 년 뒤, 인도에 다시 갈 기회가 있었다.

그때 불현듯 다시 한 번 단식을 해보고 싶다는 유혹이 강하게 밀려들었다. 그 일요일 아침의 파파야 주스를 다시 한 번 맛보고 싶었다.

마침 명상과 단식을 함께 하는 프로그램이 있다는 소식을 듣고 델리의 한 문화센터를 찾아갔다. 5일간 위빠사나(지금 여기에 머물러 생각을 바라보는 명상의 일종) 수행을 하며 생수와 약간의 꿀을 섭취하는 프로그램이었다.

그 프로그램을 이끄는 이는 의외로 젊은 서양인이었다. 션(Sean)이라고 했다. 영국 런던에서 온 션은 샘물 같은 눈웃음을 지으며 내게 손을 내밀었다.

나는 그에게 반했다. 구불구불 저항감 없이 흐르는 갈색 머리카락, 젖은 습자지를 포개어놓은 듯 맑고 흰 피부, 황금빛과 녹색과 회색이 뒤섞인 신비로운 눈동자……. 그는 보티첼리가 그린 예수 그리스도처럼 아름다웠다.

"단식을 해본 적 있나요?"

봄 강을 헤엄치는 송어 같은 목소리. 고개를 끄덕일 수 있어서 기뻤다.

"잘됐네요. 조금 어지럽고 기운이 없겠지만 처음 이삼 일뿐이에요. 몸속의 불필요한 것들이 연소되면서 지르는 비명이라고 생각하면 돼요. 그나마 명상과 함께 하면 훨씬 쉽지요."

그는 런던에서 청소년들을 위한 단식 캠프를 이끌고 있다고 했다. 10대들의 폭력과 비행이 심각한 사회적 이슈로 제기된 것은 오래전부터의 일이지만 최근에는 오히려 무기력과 우울증, 자폐증 등 자기파괴적인 성향을 보이는 청소년들이 부쩍 늘었다는 것이다.

"주먹을 휘두르는 폭력은 차라리 교정하기가 쉬워요. 요즈음 아이들은 폭력을 휘두를 만큼의 에너지도 없다는 것이 문제이지요. 주의가 산만해서 무언가 하나에 집중하지 못하고, 금방 포기하고, 자신을 내팽개치고 싶어 하지요. 그들이 가장 많이 하는 말이 '날 내버려둬', '귀찮아'라는 말이에요."

션은 그들의 내적 폭력과 방만한 삶의 태도가 많은 부분 식생활에서 기인한다고 보았다.

"주범은 단당류와 트랜스지방이에요. 즉각적이고, 단순하고, 중독성이 강하지요. 입에 넣는 즉시 달고 고소한 맛을 느끼게 해주지만, 그다음 순간 폐기처분되어 몸 안에 찌꺼기로 쌓이게 돼요. 영양분으로서의 의리도 없고, 근육을 키울 끈기도 없어요. 양질의 에너지로 바뀌지 못하고 순간의 쾌락만을 충족시키는 음식들이 넘쳐나고 있고 그걸 몸에 집어넣는 아이들은 그 음식물의 포식자이자 희생양이 되는 것이지요."

단식이 시작되면 첫째 날과 둘째 날은 청소년들의 부정성과 의지박약이 극에 달한다고 한다. 그의 표현대로라면 몸속에 쌓였던 나태함과 무기력들이 영양 공급원을 잃고 비명을 지르는 시기다. 그 고비를 넘고 셋째 날이 지나고부터 아이들은 바뀌기 시작한다고 한다. 눈에 생기가 돌아오고 의욕이 넘치고 적극적으로 대화에 참여하려는 태도를 보인다고.

"그 나이 또래에 맞는 몸의 활기를 되찾는 거지요."

션은 그 자신이, 어린 시절 심각할 정도의 폭력성을 보였다고 했다. 이유 없이 상점의 진열장을 주먹으로 깨뜨리기도 했다며 손등에 아직도 남아 있는 흉터를 보여주기도 했다.

"그냥 충동적으로 일을 저지르는 거예요. 아이들은 계획과 의도를 가지고 폭력을 휘두르는 게 아니라 무력하게 충동에 휘둘리는 거예요. 저는 그 느낌이 어떤 건지 잘 알아요."

그는 열한 살 때 가톨릭 사제였던 친척에 의해 처음 단식 수행을 경험했다고 한다. 산골짜기에 있는 수도원에서 기도와 간단한 생식만으로 지냈던 그 5일이 그를 완전히 다른 소년으로 바꿔놓았다.

"육식동물과 초식동물의 성격이 그토록 다른 이유를 이해하게 됐어요. 화가 나지도 않았고 스스로 너무나 선하게 느껴졌어요. 어린 마음에도 그동안 즐겨 먹었던 음식들에 얼마나 조종당해왔는지 알 수 있었죠."

그는 '먹는 것이 바로 그 사람이다(What you eat is what you are).'라고 말했다. 그것은 음식과 생각, 모두에게 해당되는 말일 것이다.

위빠사나 명상의 핵심은 '바라보기'에 있다. 내가 이다음에 무슨 생각을 할까? 내가 이다음은 무슨 걱정을 할까? 쥐구멍에서 쥐가 나오기를 기다리는 고양이처럼 내 생각의 구멍을 '깨어서' 지켜보는 것이다.

이 바라보는 습관은 단식이 끝난 후에도 나의 식생활에 큰 도움이 되었다. 무의식적으로 음식을 입에 넣는 습관, 딴생각을 하면서 씹고 삼키는 습관을 완전히 고치지는 못했지만 최소한 알아채고 바라볼 수는 있게 된 것이다.

'식사 요가'라는 것이 있다.

모든 요가가 그러하듯이 그 원리는 아주 간단하다. 오로지 먹기만 하는 것이다. 밥을 떠 넣을 때는 밥만을, 카레를 먹을 때는 카레만을 먹는다. 입 안에 음식을 넣고 '생각'을 먹거나 '고민거리'를 먹지 않도록 주의한다.

나에게 식사 요가를 가르쳤던 인도의 스승은 식사하기 전에 항상 두 손을 음식 접시 위에 올리고 "감사합니다."라는 말을 수십 번씩 되뇌곤 했다.

"일종의 식사 기도인가요?"

내가 묻자 그는 대답했다.

"아니, 단지 나를 위한 축복이란다. 내 안에 들어와 내 몸과 에너지를 이룰 것들에게 미리 감사의 씨앗을 심어놓는 것이지."

그는 물을 마시기 전에도 두 손으로 소중하게 컵을 감싸 쥐고 거기에 담긴 물을 향해 "감사합니다."라고 말한 뒤가 아니면 마시지 않았다. 감사만을 먹고 감사만을 마신 사람의 모습이 어땠을지는 상상에 맡긴다.

하지만 내가 만난 사람 중 가장 음식의 에너지에 민감했던 이는 한 대학교수였다.

인도 대학에서 철학을 가르치던 그 학자는 음식은 에너지의 덩어리이며, 그 에너지는 다른 어떤 것보다도 우리 세포 속에 직접 침투하는 것이기 때문에 극히 주의를 기울여야 한다고 말했다. 인도 아유르베다에서는 전통적으로 음식을 타마스(Tamas, 파괴와 죽음을 의미하는 산스크리트어. 상한 음식, 지나치게 익은 과일, 독한 술, 도살당한 육류 등이 이에 속한다)와 사트바(Satba, 자비, 정의를 의미하는 산스크리트어. 자극적이지 않은 양념, 신선한 과채, 갓 구운 빵 등이 이에 속한다)로 나눈다.

같은 빵, 같은 파파야라 할지라도 상태에 따라 그 에너지가 전혀 다르다. 그는 대대로 인도의 최상류층 카스트였던 브라만답게 철저한 비건(Vegan, 육류는 물론 우유, 계란 등 동물성이 들어간 어떠한 음식도 먹지 않는 엄격한 채식주의자)이었다.

언젠가 그의 집에 차를 마시러 갔을 때의 일이다. 인도의 중상류층 가정에서는 영국식으로 오후에 티타임을 갖는데, 홍차나 인도식 짜이(밀크티의 종류)에 가벼운 쿠키 등 과자류를 곁들이는 것이 보통이다.

그런데 그의 집 티테이블에는 연한 홍차와 함께 과자 대신 흑설탕 캔디가 놓여 있었다.

"쿠키나 카스텔라, 비스킷에는 우유와 버터가 들어가기 때문에⋯⋯."

조금 의외라는 표정을 짓는 나를 위해 그의 부인이 설명해주었다.

"대학 학장의 집에 우리 부부가 식사 초대를 받아 갔던 적이 있어요. 유달리 까다로운 이 양반의 식사 습관을 잘 아니까 베지테리언 주방(인도에서는 한 가정에도 베지테리언과 논(Non) 베지테리언이 나뉘는 경우가 많다. 그럴 때에는 주방도 따로 마련하고 음식도 따로 만든다. 식기, 칼, 조미료 등이 혹시라도 섞이지 않도록 하기 위해서다)에서 만든 음식이 나왔지요. 그런데 식사를 잘 마치고 차를 마시는데 이 양반이 전혀 차에 입을 댈 생각도 않는 거예요. 밀크가 들어가지 않은 블랙 티였는데도 말예요. 집에 돌아오는 길에 넌지시 물어보았지요. 왜 차를 마시지 않았느냐고. 이 양반 대답이 뭐였는지 알아요? '찻잔이 본차이나(소뼈를 갈아 넣어 우윳빛을 낸 자기)라서'였어요."

션은 일주일에 하루는 단식을 하고 있다고 했다. 이 하루 단식은 그의 캠프에 참가했던 10대 청소년들에게도 혼자 실천해볼 것을 권할 정도로 의외로 아주 쉽다고 알려주었다. 하루, 즉 24시간 동안 물 이외의 음식물을 몸에 넣지 않는 것인데 만약 오늘 점심을 먹었다면 그날 저녁을 건너뛰고 다음 날 같은 시간에 점심을 먹으면 되는 것이다. 일주일에 하루(주말에 혼자 있는 시간에 하면 더욱 쉽다), 충분한 물을 마시면서 몸을 쉬게 해주면 나머지 6일간을 한결 활기차고 상냥한 기분으로 지낼 수 있다고.

"그날 하루는 골치 아프거나 크게 힘든 일은 하지 않는 게 좋아요. 기분 좋게 하고 싶은 일을 하면서 몸과 이야기를 나누는 거죠. 책을 읽어도 좋고, 산책을 해도 좋고, 잠을 푹 자도 좋아요. 처음 한 달간은 힘들게 느껴질 수 있지만 그 고비만 넘기면 자신도 모르게 토요일을 기다리듯이 단식일을 기다리게 될 거에요."

일주일에 하루씩 몸을 비운다면 1년이면 50일 넘게 단식을 할 수 있다는 말이 된다. 구미가 당기는 일이다. 하지만 '먹지 않는다'는 행위에 여전히 익숙해지기 힘든 내 얼굴이 조금 불안한 표정을 짓고 있었던지 션은 정곡을 찔렀다.

"내가 단식을 하고 있으면 주위 친구들이 걱정스레 묻곤 하죠. '괜찮아(Are you OK)?' 나는 그때마다 되묻지 않을 수 없어요. '너야말로 괜찮아? 네가 뭘 먹고 있는지를 좀 봐!' 먹지 않는 나를 걱정하는 그들의 접시 위에는 대부분 튀긴 감자나 설탕을 씌운 와플이 놓여 있지요."

"즉각적이고, 단순하고, 중독성이 강한 단당류와
트랜스지방은 삶의 태도에도 지대한 영향을 미치죠."

소리가 내 몸에 말을 거네

"당신 주위를 감싸고 있는 소리들, 진동들을
주의 깊게 살펴보라. 흔히들 스트레스라 부르는 불편한 느낌은
부적절한 소리나 불쾌한 진동이 우리 몸을 관통할 때 생긴다.
그것은 우리 몸과 감정이 내지르는 비명인 것이다."
― 잘츠부르크 모차르트 음악대학 교수, 클라우스

그의 콘서트에는 의자도, 무대도 없었다.

널찍한 돌바닥이 깔린 회랑에 얇은 방석들이 군데군데 놓여
있을 뿐이었다. 사람들은 편안하게 벽에 등을 기대고 앉거나
창틀에 걸터앉거나 아예 바닥에 누워서, 클라우스가 그의 아들
요한슨과 함께 여러 개의 돌들을 번갈아 연주하는 것을 들었다.

재즈 같은 선율도, 어깨를 흔들 만한 비트(Beat)도 없는, 돌
과 공기와 진동만 있는 이상한 콘서트였다. 공기는 잘 흔든 오

렌지 주스처럼 가장 밑바닥의 입자들까지 생생하게 진동했고, 빼곡하게 눕거나 앉은 사람들도 진동했다. 한 소절이 끝났다고 박수 치는 사람도 없었고 소곤대는 사람조차 없었다. 떨리는 공기만이 소리를 낼 권리가 있다는 듯 그 시간을 점령하고 있었다.

기묘한 콘서트의 연주자, 클라우스 교수는 그의 악기, 싱잉 스톤(Singing Stone)이 탄생하게 된 배경 이야기를 들려주었다.

음악가였던 아버지 덕분에 나는 걸음마를 떼기 전부터 피아노 건반을 누르며 놀았다.

내가 팔꿈치나 발바닥으로 건반을 두드리면 그때그때 다른 목소리로 대답해주는 것이 신기하고 재미있었다. 특히 저음을 누를 때 느껴지는 묵직한 울림에 마음이 끌렸다. 사춘기 시절 무렵의 나는, 이미 소리를 내는 모든 악기를 자유자재로 가지고 놀 수 있을 정도가 되었다. 하지만 그중에서도 가장 내 마음을 끌었던 소리는 동굴 벽을 부딪쳐 울려 나오는 소리였다.

나는 남부 독일 출신이다.

그곳에는 많은 동굴이 있었고 어린 나는 동굴 속을 걸을 때 내 발자국 소리를 따라 울리는 메아리 소리 듣는 것을 즐기곤 했다.

내가 저벅저벅 걸으면 한 무리의 난쟁이들이 줄을 지어 내 뒤를 따라오고 있는 것 같았다. 또 그 속에서 이야기를 하거나 노래를 부르거나 손뼉을 치면 동굴 벽과 천장 여기저기에 울려, 각각 다른 화음을 내며 돌림노래처럼 내게 되돌아왔다. 시간이 가는 것도 잊은 채 울림 소리들과 놀다가 동굴 밖으로 나와 보면 어느덧 깜깜하게 날이 저물어 있던 적도 많았다.

서른두 살 무렵의 여름, 나는 휴가를 보내기 위해 오랜만에 다시 고향을 찾았다.

아직 여물지 않은 삶이 다 그렇듯, 그 당시의 나는 학교 일과 개인적인 문제로 몸과 마음이 흠씬 두들겨 맞은 듯 지쳐 있는 상태였다. 나는 한창 대학에서 박사 학위 논문을 준비하고 있었는데 지도교수는 나의 연구 과제에 번번이 퇴짜를 놓고 있었다. 몇 달에 걸쳐 자료 조사를 하고 고민하여 논문 안을 제출하면 '창의력이 부족하다'는 이유로 거들떠보지도 않았다. 이렇게 반년이 넘도록 논문 주제조차 잡지 못한 채 실랑이를 벌이고 있자니, 신경이 있는 대로 날카로워지고 마음의 여유도 점점 메말라갔다.

그나마 내 삶의 오아시스와 같았던, 6년 동안 열렬히 사랑을 나누었던 약혼자와의 관계도 어느덧 심각할 정도로 위태로워져 있었다.

사실 그때 난 삶에서 도망치듯 고향으로 내려왔는지도 모르겠다. 막막하고 쓸쓸하던 어느 저녁 무렵, 어릴 때 놀던 그 동굴을 다시 찾아가보았다. 여전히 아늑하고 신비로운 동굴 속에서 서성이며, 나는 나지막하게 아리아의 한 소절을 흥얼거렸다.

> 별은 빛나건만, 대지는 향기롭건만······.(중략)
> E lucenvan le stele, E oleszava la tera······.
>
> 꿈같은 사랑은 멀리 떠나가고, 슬픔에 빠진 나,
> Svani per wempre il sogno mio d'amore l'ora a fuggita,
> 이제 삶에서 떠나려 하네
> a muoio disperato
>
> – 푸치니의 아리아 '별은 빛나건만' 중에서

아, 비통하지만 감미로운 멜로디가 동굴 벽에 부딪쳐 여러 겹의 베일처럼 너울너울 되돌아와 나를 감쌌다.

눈물이 날 만큼 황홀했다.

선하게 살갗을 울리는 그 소리는 백 마디의 위로보다 내 마음을 더 따뜻하게 어루만져주었다. 그 순간 불현듯 한 가지 생각이 머릿속을 스치고 지나갔다.

'이 동굴 벽처럼 소리를 되울리는 악기를 만들면 어떨까? 인간이 만든 음계에 따라 연주하는 악기가 아닌, 자연의 울림 그대로 마음을 감싸주는 악기를 만들자!'

지금의 나를 있게 한 싱잉스톤의 아이디어는 그 동굴이 내게 준 선물이었다. 가슴이 벅차올라 나는 그 자리에서 동굴 깊숙이 감사의 목소리를 던졌다.

"당케 쇤엔(감사합니다)!"

'당케 쇤엔, 당케 쇤엔, 당케 쇤엔…….' 내가 던진 감사는 더욱 깊은 감사로 거듭거듭 되돌아왔다.

내게 있어 힐링은 사운드와 진동이다.

싱잉스톤을 연주하면 그때 동굴 속에서의 감동이 고스란히 느껴진다. 돌은 연주하는 사람의 느낌을 거울처럼 되울려준다.

첼로나 피아노, 플루트 같은 악기들은 인간의 생각과 이상을 반영해 '만들어진' 악기이다. 하지만 돌은 돌일 뿐이다. 우주의 5원소 중 하나로서 그 자신의 목소리를 들려준다. 우리 몸은 자연에 반응하게 되어 있다. 나는 연주하기 전에 반드시 싱잉스톤을 물로 적시고 내 손과 발에도 물을 흠뻑 묻힌다. 그렇게 하면 미세한 전류 같은 바이브레이션을 더욱 섬세하게 느낄 수 있고 좀 더 몸 깊숙이 들여보낼 수 있기 때문이다. 우리 몸의 체액과 피는 물과 공명하고, 뼈를 이루고 있는 미네랄들은 돌의 원소와 공명한다.

손가락 끝으로 연주하는 다른 악기들과 달리 싱잉스톤은 손바닥 전체, 때로는 팔 전체로 연주한다.

이 악기는 거울처럼 연주자의 감정 상태와 에너지를 반사해 내기 때문에 때로는 위험하기도 하다. 부정적인 감정, 폭력적인 마음으로 가득 찬 상태에서 연주를 하게 되면 그 부정적인 울림이 연주자와 듣는 이에게 고스란히 침투하기 때문이다. 충분한 이해 없이 연주를 하다가 두통을 일으키거나 구토를 하는 예도 있다.

1997년 미국의 오클라호마에서 했던 연주회가 기억에 남는다.

그곳은 날 때부터 전혀 들을 수 없는 선천적 청각 장애인들을 위한 시설이었다. 그들은 '소리'라는 것을 경험해본 적이 없기 때문에, 종종 난폭하게 문을 여닫거나 고막을 찌르는 괴성을 지르곤 한다. 그들의 스트레스와 폭력성을 완화시키기 위한 치유 프로그램의 일환으로 나를 초청했던 것인데, 그것은 연주자인 나로서도 주최 측으로서도 큰 모험이 아닐 수 없었다.

연주를 시작하기 위해 들어섰을 때, 강당에 모인 청중들은 철제 의자를 시멘트 바닥에 끌며 불협화음의 오케스트라를 연주하고 있었다.

'끼익, 끼이익!'

끊임없이 신경을 긁어대는 금속성의 소리. 음파에 민감한 나는 온몸에 소름이 돋고 심장이 오그라드는 것 같았다. 가까스로 호흡을 가다듬고 구원을 요청하듯 돌을 연주하기 시작했다. 하지만 상상을 초월하는 소음 속에 묻혀 그 소리는 돌을 끌어안고 있는 내게조차 들리지 않았다.

싱잉스톤의 노랫소리가 이윽고 공기 속에 선명하게 울려 퍼지기 시작한 것은, 연주를 시작한 지 5분 남짓 지나서였다. 청각 장애인들이 하나둘 의자 끌기를 그만두고 돌이 내는 소리를 '듣기' 시작했다.

　보드라운 가랑비를 맞듯이 두 팔을 벌리고 서서 그윽한 표정으로 듣는 사람, 그 야릇한 진동이 어디에서 오는 것인지 의아한 얼굴로 두리번거리는 사람, 태아처럼 몸을 동그랗게 말고 꼼짝도 하지 않는 사람…… 그들이 내게 말해주었다. 소리는 귀로 듣는 것이 아님을. 온몸의 모공으로, 솜털로, 체액의 떨림으로 감지하는 것임을.

　클라우스가 소리를 빚어내는 모습을 당신도 봤어야 하는데!

　황실의 요리사가 솜털 끝까지 곤두세우며 국물을 우려내듯, 그는 자신과 우리 몸을 통과할 진동들을 심혈을 기울여 불러냈다. 아니, 그건 적절한 비유가 아니다. 요리라고 하기엔 그건 너무나 섬세하고 로맨틱한 몰입이다.

　연주를 시작하기 전, 그는 돌을 바라본다. 더없이 그윽한 눈길로 오랫동안 응시한다. 관중도 그의 눈길을 좇아 돌을 바라본다. 모두가 까다로운 여왕의 축복을 기다리고 있는 듯하다.

침묵. 입을 다문 연인을 달래듯이 클라우스가 물이 흐르는 손으로 돌을 어루만지기 시작한다. 돌은 단번에 입을 여는 법이 없다. 애틋한 손길이 간절해질 즈음 어느덧 '가앙……' 하는 나지막한 첫 울림이 터지고, 돌은 치밀하고 단단한 심장을 열어 노래하기 시작한다.

아이들은 이른 아침 "일어나! 어서 일어나!" 하는 소리를 몸서리치게 싫어한다. 몸은 달콤한 아침잠 쪽으로 간절히 빠져들고 있는데, 그 소리는 덜미를 낚아채어 팍팍한 아침 식탁에 앉히고 마니까.

어른이 되었다고 해도 사정은 달라지지 않는다. 샐러리맨들을 가장 괴롭히는 소리 중 하나가 '따르르르릉!' 하고 울려대는 자명종 소리다. 얼마 전 미국 로또 TV 광고에서 광고 시간 15초 동안 맹렬히 울려대는 자명종 소리만을 내보냈던 적이 있다. 매일 새벽 단잠을 찢어놓던, 세상에서 제일 듣기 싫은 그 소리에 사람들은 반사적으로 눈살을 찡그렸고 바로 그 순간 조그맣게 자막이 뜬다.

'다시는 이 소리를 들을 일이 없을 겁니다. 로또를 사세요.'

그런데 정확히 똑같은 소리라도 그 소리가 나의 욕구와 같은 방향에서 울릴 때는 전혀 스트레스를 느끼지 않는다는 사실을 알고 있는가? 휴가 첫날, 발리 섬으로 가는 새벽 비행기를 타기 위해 맞춰놓은 자명종 소리는 서늘한 소다 팝처럼 귀를 적신다. 종종 우리는 그 소리보다 먼저 눈을 뜨기도 한다(출근하는 날에는 상상조차 할 수 없는 일이다!).

지하철역 주변에 사는 한스라는 사람이 있었다. 우르릉대는 지하철의 진동음과 타는 사람들의 아우성 소리로 스트레스를 받던 끝에 신경이 쇠약해진 그는 심리치료사를 찾아갔다.

현명한 심리치료사는 그에게 그 지하철 회사의 주식을 사볼 것을 권했다.

"매달 몇 주씩이라도 좋으니까 N지하철 주식을 꾸준히 사보세요. 방음벽 설치에 돈을 날리는 것보다 훨씬 효과가 좋을 겁니다."

그는 속는 셈치고 주식을 샀고, 그날로 그의 스트레스는 말끔히 날아갔다. 아니, 스트레스는커녕 힘차게 달리는 지하철 레일의 진동이 느껴질 때마다, 그 지하철을 꽉꽉 채우고도 더

타려고 아우성치는 사람들의 소리가 들려올 때마다 저절로 입이 벌어졌다.

"그래, 많이 타라, 터질 듯이 꽉꽉 올라타라. 그리고 씽씽 달려라!"

당신을 둘러싸고 있는 소리들은 어떤가?

당신의 욕구와 꿈에 맞물려 울리고 있는가? 간단히 말해 그 소리들이 기분 좋은가? 만약 기분 나쁜 소리가 울리고 있다면, 그리고 그것이 주식을 사서 해결될 소리가 아니라면 당장 차단막을 설치해야 한다. 그 소리들이 더 이상 당신의 세포 속으로 흘러들어 기분을 칙칙하게 물들이지 못하도록 하라.

만일 누군가가 당신에게 듣기 싫은 소리를 계속한다면, 충고랍시고 무신경한 소리들을 습관적으로 늘어놓는다면(불행히도 거의 대부분의 이런 소리들은 당신이 매일 많은 시간을 함께 보내야 하는 동료나 가족들로부터 나온다. 그들이 바로 당신의 환경이다), 당장 정중히 거절하라. 그들은 스스로가 당신의 침대보 위에 구정물을 끼얹는 것보다 심한 일을 하고 있다는 사실을 모른다.

"저를 위해 해주시는 말씀이라는 것은 잘 압니다. 하지만 그 말씀을 들을 때마다 제 마음이 굉장히 불쾌하군요. 제 문제는 스스로 판단할 수 있도록 해주시겠습니까?"

우리의 상상력과 잠재의식을 가장 강렬하게 자극하는 감각은 청각이다. 고막을 통과한 소리는 물에 떨어진 잉크와 같이 우리 몸속에 퍼진다. 기찻길 옆이나 (방음이 안 되는) 비행기 착륙지 근처의 집값이 싼 이유를 이제 알 것이다. 그 원치 않는 소음과 진동이 몸에 침투하는 것이 그만큼 해롭기 때문이다. 듣기 싫은 말이나 잔소리는 더 해롭다.

좋은 진동을 몸에 흘려보내는 간단한 방법이 있다. 어릴 때 잔소리가 듣기 싫어서 마음속으로 노래를 흥얼거린 적이 있는가? 내 다섯 살짜리 딸아이는 내가 꾸중을 하려 들면 아예 손바닥으로 귀를 막고 "안 들려, 안 들려 안 들려……" 하며 빙글빙글 돈다. 놀랍게도 티베트의 라마승들이나 이슬람 수피들도 언짢은 소리나 생각들을 쫓아내기 위해서 이 방법을 흔히 사용한다. 바로 울림이 있는 음절을 반복하는 것이다.

'밈밈밈밈…….' 혹은 '옴, 옴, 옴……' 같은 소리들.

티벳의 한 고승에 따르면 '옴' 소리는 머릿속의 소음을 차단

하는 신비한 효과가 있다고 한다. 그저 소리 내어 말하기만 하면 된다. "으음……" 혹은 "오옴……", "미임……" 마음이 가라앉을 때까지 반복한다.

우리가 소리를 내어 말을 하거나 몸을 움직일 때 그 파장은 고스란히 몸속 세포에 저장된다. 《물은 답을 알고 있다》의 저자 에모토 마사루 박사도 밝힌 바 있듯이 '감사합니다', '사랑합니다'와 같은 긍정적이고 아름다운 감정을 담고 있는 말은 물의 결정을 신비롭고 아름답게 바꿔놓는다. 하지만 '멍청이', '죽고 싶어'와 같은 부정적이고 짜증 섞인 말들은 보기 흉하게 깨어진 결정 모양을 만든다. 그러니 그 말의 진동이 우리 몸의 70%를 채우고 있는 물에 어떤 영향을 미칠지 가히 상상이 되지 않는가?

몇 해 전 싱잉스톤 위에 얇은 물 접시를 올려놓고 연주를 했던 적이 있다. 돌의 진동이 일으키는 파장을 관찰하기 위해서였다. 그 결과는 감격스러웠다. 물의 입자는 '편안함', '위로'라는 말을 할 때 나타나는 입자와 같은 모양을 그리며 전율했다.

'돌들'로 가득한 그의 집에 초대를 받아 갔을 때, 나는 흡사 작은 계곡에 온 것 같은 느낌을 받았다. 노래하는 돌들(싱잉스톤)은 늘 물에 젖어 있어야 하기 때문에 수백 개는 족히 될 듯한(3킬로그램에서 900킬로그램까지 그 무게도 다양하다) 계란 모양의, 혹은 거친 원석 모양의 돌들이 물을 담은 넓적한 접시 위에 담겨 있었다.

클라우스에 의하면 '마른' 돌들은 노래하지 못한다고 한다. 돌 입자와 입자 사이가 촉촉하게 물로 채워져 있어야 체온과 손길이 닿았을 때 공명하고 아름다운 울림을 만들어낼 수 있다고 한다.

그는 내게 따뜻한 물이 담긴 대야를 갖다주며 한동안 손과 발을 담그고 있으라고 했다. 나의 촉각 또한 충분히 젖어 있게 하기 위한, 그래서 돌 속의 물과 더 잘 공명하게 하기 위한 배려였다.

한 5분쯤 지났을까? 그의 집 테라스에 놓인 계란 모양의 돌 앞에 앉아 클라우스가 연주를 하기 시작했다. 그러자 나와 돌을 품은 공기가 가닥가닥 떨렸다. 클라우스는 손짓으로 나를 불렀다.

"돌에 발바닥을 대고 들어봐."

'우릉…… 우릉…….'

따뜻하게 젖은 발바닥의 모세혈관을 타고, 링거액처럼 돌의 이야기가 내 몸속으로 들어왔다. 가르랑거리는 고양이 같기도 하고 비를 머금은 구름 같기도 한 대지의 떨림. 나는, 발바닥은 노래하는 돌의 등에 대고 등은 땅에 대고 누워 하늘과 바람과 햇빛을 보았다. 더 이상 외롭지 않았고 서운하지도 않았다.

그다음 날 새벽, 나는 귓가에 선명하게 울려 퍼지는 싱잉스톤 소리에 눈을 떴다. 전날 저녁 발바닥을 통해 피와 뼛속에 섞여 들었던 소리를 내 몸은 아직 듣고 있었다.

좋은 소리는 좋은 음식과 같다.

'클라우스 교수님, 어젯밤엔 정말 잘 먹었습니다!'

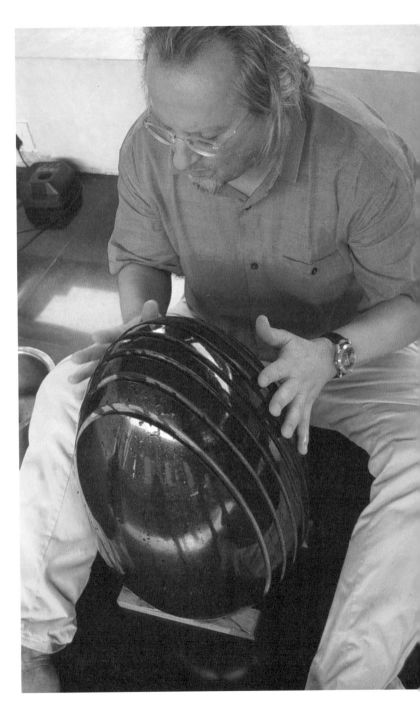

너는 또 주었구나, 네가 가장 좋아하는 것을

> "이를 닦으니까 너무 좋았어요.
> 처음 가져본 칫솔도 알록달록 너무 예쁘고…,
> 그래서 동생에게 주었어요."
> — 주는 아이, 나심

중학교에 다니던 무렵, TV로 크리스마스 특집 방송을 보던 중 유난히 기억에 남는 장면이 있다. 그때도 으레 연말연시나 추석이 되면 고아원으로 온정이 모였고, 방송사들은 앞다투어 쌀이나 라면 박스를 쌓아두고 그 앞에서 악수하는 모 단체장과 고아원장의 사진을 내보냈었다.

그런데 그날 방송은 조금 달랐다.

리포터가 고아원 아이들에게 직접 마이크를 들이댄 것이었다.

"크리스마스 선물로 뭘 받고 싶어요?"

쌀이나 라면이라고 대답한 아이는 단 한 명도 없었다(물론!). '이어폰을 꽂고 들을 수 있는 미니 카세트'라는 대답이 가장 많았던 것이 기억난다. 그건 그 당시 내 또래 아이들이 가장 갖고 싶어 하던 물건이기도 했다. 하지만 사람들은 '헐벗고 굶주린' 고아원 아이들에게 라면 이외의 물건이 필요하리라고는 생각지 않는 듯 보였다. 사람들이 '주고 싶어 하는 것'과 '받고 싶어 하는 것'이 그토록 달랐다. 열네 살의 나는 왠지 모를 서글픔을 느꼈다.

시간이 많이 흐르고, 나는 혼자서 히말라야를 오르게 되었다. 꼬박 일주일을 걸어 올라가는 여정이었다. 사흘쯤 걷고 나자 그만큼 얇아진 대기층을 뚫고 햇살이 본격적으로 쏟아지기 시작했고, 땅도 야생의 본 모습을 드러내 울퉁불퉁 거칠어지기 시작했다. 내가 헉헉거리며 걷고 있으면 그 모습을 비웃기라도 하는 듯, 산골 마을 아이들이 맨발로 산 아래 있는 학교를 향해 깡충거리며 뛰어가곤 했다.

어느 날 한 무리의 아이들이 호기심으로 반짝이는 눈을 하고 내게 다가왔다. 가난한 나라를 여행하다 보면 항상 부딪히는 일이다. 그 아이들에겐 무언가를 주면 된다. 나는 조건반사적으로 주머니를 뒤적여 동전을 찾았다. 아이들이 예뻤으므로 기꺼이 메고 있던 배낭을 열어 한쪽 남은 샌드위치와 탄저린(열대 귤)도 꺼낸다.

그런데 그 아이들은 받을 생각은 않은 채 내 얼굴을 가리키며 무어라고 떠들어대고 있었다.

"왜? 내 얼굴이 이상해?"

그건 나의 완벽한 오해였다. 그 아이들은 내가 쓰고 있는 선글라스를 갖고 싶다고 이야기한 것이었다! 내가 필요한 것과 똑같은 것을 그들도 원하고 있었다. 따가운 햇살로부터 망막을 지켜줄 선글라스.

부끄럽지만 나는 그때 내 선글라스를 벗어 아이에게 씌워주지 못했다. 고아원에 라면을 보내던 어른들과 똑같은 얼굴을 나는 하고 있었을 것이다. 하지만 기약 없는 약속을 되뇌며 스스로를 달랬다.

"어차피 내 선글라스는 너무 커서 아이들에게 맞지도 않잖아. 다음에 동대문에서 작고 가벼운 어린이용 선글라스를 무더기로 사서 갖다주면 돼."

물론 그 약속은 지켜지지 않았다. 역시 그때 듀랄리 계곡의
그 아이들에게 벗어주었어야 옳았을까?

시간이 더 흐르고, 나는 마음에 진 빚을 갚고자 인도의 아이
들을 다시 찾아갈 수 있게 되었다. 선글라스 대신 칫솔을 한 무
더기 들고.

인도에서 공부를 할 때, 칫솔이 없어서 나뭇가지를 질경질경
씹어 여린 치아와 잇몸을 문질러대던 아이들이 늘 마음에 걸렸
던 것이다. 인도 빈민층은 어른이 되면 치아가 몇 개 남지 않는
경우가 허다하다.

'그 어린이들에게 칫솔을 주자! 충치로 고통 받지만 않아도
아이들의 삶의 질이 껑충 뛰어오르리라!'

서울과 도쿄의 여러 치과에서 어린이용 칫솔을 협찬 받아 인
도 시골의 작은 학교를 찾아갔다. 그곳은 정규 학교에 다닐 형
편이 되지 않거나 부모에게 학대 받거나 아예 부모가 없는 아
이들을 모아 가르치는 곳이었다. 인도 빈민층에는 엄마가 없거

나 새엄마에게서 구박 받는 아이들이 생각보다 많다. 믿을 수 없는 이야기지만 젊은 엄마들이 곧잘 살해당하는 것이다. 새 며느리를 들여서 지참금을 또 받고자 하는 시어머니들의 손에 의해서.

한 의식 있는 외국인이 그 아이들을 위해 유치원과 초등학교를 세웠다. 카스트가 사라졌다고는 하나 사회 계급은 어엿이 살아 있는 인도 사회에서, 그들이 성인이 된 뒤에도 살아갈 무기를 쥐여주기 위해 영어와 불어로만 수업을 진행한다고 했다.

그래서인지 내가 교실에 들어서자 또랑또랑한 갈색 얼굴의 아이들이 입을 모아 외쳤다.

"봉쥬르, 마담!"

나는 아이들 앞에 서서 치과 의사들에게서 배운 올바른 칫솔질에 관해 불어로 설명했다.

"칫솔을 쥘 때는 연필을 쥐듯이, 위아래로 쓸어내리면서 쓱쓱 닦는 거예요. 밥을 먹고 나서도, 사탕을 먹고 나서도, 꼭꼭 칫솔로 이를 닦아야 해요!"

아이들은 또다시 입을 모아 외쳤다.

"위(Oui)!"

나는 준비해간 칫솔을 한 명 한 명 목에 걸어주었다. 아이들이 칫솔을 잃어버리거나 누군가에게 뺏기게 하지 않기 위해서 (인도에서 플라스틱 제품은 꽤 비싸다), 칫솔 손잡이 부분에 난 구멍에 리본을 꿰어 목걸이처럼 만들어두었던 것이다.

기뻐 어쩔 줄 모르는 아이들과 칫솔을 달랑거리며 수돗가로 가서 함께 이를 닦았다.

'오른쪽, 왼쪽, 위로, 아래로……'

수돗가의 아이들과 하얀 이가 반짝반짝 빛났다. 그다음 날, 다시 함께 이를 닦기 위해 그 학교를 찾아갔을 때 한 아이의 가슴에 매달려 있어야 할 칫솔이 보이지 않았다.

"나심! 칫솔 어디 있어?"

소년은 머뭇머뭇 대답했다.

"동생에게 주었어요."

"왜? 너는 이 닦기 싫었어?"

동생이 없는 나는 철없이 물었다.

"아니요!"

아이는 세차게 도리질을 쳤다.

네 번째 안부 인사

"좀 쉬었다 갈까요?"

문득 멈춰 서서 빵가게를
기웃거리는 것에 대하여

느긋하고 유쾌하게 이 길을 걷고 싶었는데 이렇게 되어버렸습니다.

머릿속의 계획들이, 가슴속의 욕심들이 사냥개처럼 짖어대는 통에,

당신이 데려다 준 꽃길에서도 꽃 한 송이 보지 못한 채 달려왔습니다.

이제야 문게 되어 죄송합니다만……

"나의 삶이여, 우리 조금 쉬었다 갈까요?"

마음 놓고 살아본 적 있어요?

"제 말 믿으세요.
당신이 버둥거리지 않아도
물 위에 떠 있을 수 있어요.
마음 놓고 살아보세요."
— 아쿠아 테라피스트, 미라

투명한 수족관 속에서, 나는 웃으며 흘러가는 엔젤 피시를 보았다고 생각했다.

정오의 햇살, 한 여인이 다른 한 여인의 몸을 물속에 넣고 한 바퀴 비잉~ 돌리던 참이었다. 하늘빛 물에 얼굴까지 잠겨 턴을 하던 여인의 표정이 얼마나 평화로웠던지, 나는 하마터면 카메라를 들고 있던 손의 힘을 스르륵 풀 뻔했다.

음악은 꿈결처럼 마음을 간질였고, 그 음률 속에서 춤을 추듯이 움직이는 두 여인. 손을 맞잡고 왈츠를 추는 듯도 보였고, 중

력에서 분리된 듯 떠오르며 발레를 하는 것처럼 보이기도 했다.

아쿠아 테라피(Aqua Therapy)를 하는 미라(Mira)가 특별히 자신의 정오 수업 참관을 내게 허락해준 것이었다. 그 모습은 치유라기보다는 예술에 가까웠다.

한 가닥 긴장도 없이 물속에 올올이 풀어져 흐르는 몸의 아름다움에 나는 나지막이 신음했다.

"마음 놓고 살아본 적 있어요?"

수업이 끝나고 미라와 마주 앉았을 때, 내가 꺼낸 첫 질문에 그녀는 이렇게 되물었다. '베푸는 사람'과 '받는 사람', 그 둘 사이에 묶인 보이지 않는 끈에 관해 나는 질문했던 것 같다. 미라의 손에 몸을 맡긴 사람이 꼭 탯줄에 매달린 태아처럼 보였기 때문이었다. '어떻게 그런 완벽한 맡김이 가능한지', '둘의 얼굴에 흐르던 그 평화의 정체는 무엇인지' 궁금했다.

"그러니까 며칠, 아니 단 하루만이라도 걱정 없이, 몸 안에 티끌만 한 긴장도 없이, 정말로 마음 푹 놓고 지내본 적이 있냐구요!"

분하게도 그런 적이 없었다. 다그치듯 묻는 그녀에게 "물론

이지요!"라고 말할 수 있었으면 얼마나 근사한 일이었을까……? 노는 동안에도 이 시간이 끝나면 다시 일을 해야 한다는 걱정에 더 치열하게 놀았다. 잠을 잘 때도 내일 아침엔 말짱해져야 하기 때문에 비장하게 램 수면에 빠져들었다. 하지만 '마음 놓고 살아보기', 듣고 나니 너무나 탐나는 물건 아닌가!

16년간 아쿠아 데리피를 베풀어온 미라는 내게 자신이 가장 좋아한다는, 우리에게도 유명한 이야기를 들려주었다.

한 남자가 죽어 천국에 당도했다. 그곳에서 그가 평생 섬기던 신을 만나게 되었다.

신은 그 앞에 그가 살아온 발자취가 담긴 두루마리를 펼쳐 보여주었다. 그가 걸어온 길에는 늘 두 쌍의 발자국이 가지런히 나 있었다.

"이것 보렴. 나는 네가 살아 있는 동안 늘 네 곁에서 함께 걸었단다."

신의 말에 남자는 행복했다.

그런데 생의 어느 한 지점에서 함께 걷던 발자국은 뚝 끊겨 있었다. 혼자서 비틀거리며 걸었던 발자국이 남아 있는 그 지점은 남자가 가장 고통스러운 고비를 넘기던 바로 그 무렵이었다.

남자는 절규하며 물었다.

"신이시여! 바로 이때, 제가 당신의 이름을 부르짖으며 몸부림치던 이때, 당신은 어디에 계셨습니까?"

그때 신이 나지막한 목소리로 대답했다.

"애야, 그땐 내가 너를 업고 걸었단다."

와추(Watsu, 수중재활운동)를 베푸는 사람은 처음부터 끝까지 단 한 순간도 받는 사람의 몸에서 손을 떼어서는 안 된다. 자신의 손에 몸을 맡기고 있는 사람이, 생존을 위한 어떤 노력도 할 필요가 없도록 오른손이나 왼손, 혹은 무릎 등으로 지탱해주어야 하는 것이다. 미라는 그것을 '거대한 손(Grand Hand)'이라고 불렀다.

"거대한 손이 내 삶을 지탱해주고 있다는 사실을 나는 어리석게도 마흔 살에 처음 알았어요. 내가 할 수 있는 모든 인간적인 노력을 다했다고 믿었는데도 투쟁이 끝나지 않던 그런 시기.

너무 피곤해서 어느 순간 모든 걸 포기하고 힘을 탁 풀었는데, 글쎄 내가 멀쩡히 살아 있는 거예요. 그걸 느끼고 나니까 그런 생각이 들었죠. 그때까지 쓸데없이 버둥거리는 나를 붙잡고 있던 거대한 손도 얼마나 힘들었을까……. 그걸 조금 일찍 알았다면 삶이 얼마나 쉬웠을까!"

미라는 스스로를 '고집 센 당나귀 같았다'고 표현했다.

나는 미라를 잘 안다. 절대로 약속을 어기는 법이 없는 성실하고 고지식한 타입. 그녀가 바르고 치열하게 살기 위해서 어떤 노력을 했을지도 쉽게 짐작이 간다. 이솝우화이던가? 소금 짐을 지고 가던 당나귀 이야기가 생각났다.

더운 날, 산더미 같은 소금 짐을 지고 걷던 당나귀가 물속에 첨벙 빠지게 된다. 짐도 힘겨운데 물에까지 빠진 당나귀가 벗어나려고 발버둥을 치는 동안, 소금은 물에 녹아 감쪽같이 사라져버린다. 물에서 나온 당나귀는 그 기적에 놀라며 덩실덩실 자유롭게 길을 간다. 그 당나귀였던 미라는 지금 물속에 서서 다른 이들의 소금 짐을 녹여주고 있는 것일까?

"하는 사람 입장에서, 받는 사람이 몸에 긴장을 풀지 않는 것만큼 불편한 건 없어요. 대개 아쿠아 테라피를 처음 경험하는 사람들은 온몸에 힘이 들어가 있지요. 내 한 손가락 위에서도 가볍게 떠 있을 수 있는데 믿질 못해요. 헤엄치려 들거나 고개를 치켜들려고 애쓰거나 팔다리를 버둥거려서 코에 물이 들어가거나 하기 때문에, 테라피를 시작하기 전에 충분히 함께 시간을 보내죠. 일단 날 믿어야 해요."

그녀를 찾아오는 사람들은 노인이나 임산부가 많다. 때로는 정서불안 증상을 보이는 어린이들이 오기도 한다. 그들은 자기 보호 의식이 가장 강한 인생의 순간에 서 있기 때문에 좀처럼 힘을 풀려 들지 않는다.

"일단 물에 함께 들어가요. 물의 느낌과 친해지도록. 하지만 수영을 배울 때와는 반대예요. 물속에서 마음을 놓는 연습을 하는 거죠."

'마음을 놓는 연습'이라는 말이 고막을 크게 울렸다. 발차기 연습이 아니라, 숨 쉬기 연습이 아니라, 마음을 놓는 연습. 말 그대로 안심(安心)……

"오랫동안 관절염을 앓아온 할머니 한 분이 계셨어요."

손목, 허리, 골반, 무릎 할 것 없이 뼈의 이음매 부분이 겨울 나무처럼 까칠까칠해져 움직일 때마다 통증을 호소하던 그 할머니는, 움직이는 것을 두려워해 체중이 걷잡을 수 없이 불어나 있던 상태였다.

지탱해야 할 몸의 무게가 늘어나니 관절들은 더욱 큰 소리로 비명을 질러댔고, 그 악순환을 거듭하던 끝에 체중의 압력을 덜 느끼고 운동할 수 있는 방법을 찾아 미라에게 왔던 거였다.

"할머니, 저를 한번 들어보세요."

미라는 물에 들어가자마자 그녀에게 요구했다. 할머니는 기겁을 한 표정으로 말했다.

"나는 살찐 고양이 한 마리도 들어 올릴 수가 없다우."

미라는 할머니를 설득해 그녀의 허리를 잡고 물 위로 들어 올리도록 하는 데 성공했다. 가슴께까지 차오르는 물속에서 누군가를 들어 올리는 것은 아주 가뿐한 일이다.

"이번에는 제가 좀 누울 수 있게 목이랑 허리를 받쳐주세요."

미라는 할머니가 표정을 바꿀 겨를도 없이 할머니의 손 위에 누워버렸다. 할머니는 풍선처럼 가볍게 느껴지는 그녀의 몸을 두 손으로 받쳐 들고 이리저리 움직이기 시작했다.

"이젠 한 손으로만 받치셔도 될 것 같아요."

미라의 말에 그녀는 목 아래에 대고 있던 손을 조심스럽게 빼냈다.

"오오!"

할머니는 사람의 몸 전체를 손바닥 하나로 움직이고 있는 스스로의 모습에 감탄의 소리를 냈다.

미라는 천천히 일어나 할머니에게 지금 자신에게 한 것과 똑같은 일을 할 수 있도록 해달라고 부탁했다. 이미 경이로운 존재의 가벼움을 경험한 할머니는 환한 얼굴로 고개를 끄덕였고, 미라는 한 시간 반 동안 봄날의 고양이처럼 나긋나긋해진 그녀의 관절들을 이리저리 움직일 수 있었다.

테라피가 끝났을 때 할머니의 얼굴은 기쁨의 눈물로 젖어 있었다.

"처음으로 평화를 맛보았어요. 내 칠십 평생, 이렇게 힘들이지 않고 살아 있던 순간은 처음이라우!"

와추의 핵심은 해방감에 있다고 미라는 덧붙였다. 힘 하나 들이지 않고도 물 위에 떠 있을 수 있다는 걸 알게 된 사람은 격

정과 불필요한 노동에서 해방된다. 그리고 그 순간 그 해방감을 선사한 사람도 '거대한 손'으로서의 해방감을 맛본다.

미라의 작은 수영장 속에서 수없이 많은 당나귀들이 소금 짐을 풀어놓았을 것이다.

'그 맛은 분명 바닷물처럼 짤 거야……'

손가락으로 찍어 맛보고 싶은 것을 겨우 참았다.

"잠들어 잠을 먹은 아이세요. 화기차고 더뻐게 사는 것은 참 좋은 일이지요.
하지만 너무도 잠수도로 수시로 몸을 마지민지 뒤섰어요?
하루의 전쟁이 다 끝나고 침대에 누울 때까지 기다릴 필요는 없어요."

느긋하게 바빠야 해요

릴랙스(Relax) 하는 습관을 들여야 한다고 했다.

무언가를 먹고 나면 이를 닦듯이 긴장을 하거나 스트레스를 받으면 즉시 몸과 마음을 이완시켜주어야 한다고. 조금만 의식적으로 노력하면 금방 그 비결을 몸에 익힐 수 있다며 그녀는 우리를 안심시켰다.

편안한 곳에, 목 뒤와 무릎 뒤를 쿠션이나 베개 등으로 부드럽게 받치고 누우세요. 다시 말하지만 가장 편안한 자세여야 합니다. 호흡이 들어가고 나가는 것을 지켜보세요. 호흡을 조절하지도 말고 애써 집중하려고도 하지 마세요. 그냥 들어오는 것은 들어오도록, 나가는 것은 나가도록 내버려두는 겁니다.

그런 무심한 호흡에 익숙해졌으면 눈을 감고 머릿속을 들여다봅니다. 호두 속 같은 대뇌와 소뇌, 측뇌와 간뇌가 보일 거예요.

뇌에게 침착한 목소리로 말합니다.

"쉬어라(Take a Rest)……."

뇌세포들이 차례로 힘을 빼고 완전히 이완된 상태로 쉬는 것이 느껴질 때까지 몇 번이고 침착하게 그 말을 반복해서 들려줍니다. 말이 떨어지는 순간 즉각 뇌가 긴장을 푸는 것을 느낄 수 있습니다.

그다음, 뇌 다음으로 가장 스트레스에 시달리는 눈을 바라보세요.

오늘 하루 동안 받아들이고 읽어낸 수천만 가지의 정보들을 내려놓고 '쉬어라.'라고 말합니다. 감은 동공 위로 안약처럼 휴식이 번져 나가는 것을 느끼세요. 우리가 몸의 상태에 주의를 기울이듯이 몸도 우리의 말에 귀를 기울입니다. 말을 하고, 그렇게 되기로 작정하면 몸이 즉각 반응하게 되지요.

뇌와 눈 이외에 특히 당신이 긴장하고 많이 쓰는 부분이 있으면(목, 위, 간 등) 똑같이 그 속을 들여다보면서 '쉬어라'고 침착하게 말해주세요.

내가 가르쳤던 한 20대 여학생은 '머릿속에서 수천 명의 난쟁이들이 재잘재잘 떠드는 소리 때문에 한시도 마음이 고요할 날이 없다'고 불평하곤 했어요. 그녀는 이내 뇌에 말을 거는 법을 배우게 되었고, 그 난쟁이 하나하나에게 일일이 '쉬어라.'라고 말해준다고 합니다. 그 뒤부터는 그녀는 그 난쟁이들에게 조언을 구하기도 하고 친구처럼 지낸다고 해요.

몸이 쉬는 것이 느껴지면 이번엔 천천히 자신의 체중을 느껴보세요. 오른팔의 무게, 왼팔의 무게, 척추의 무게, 다리의 무게, 발가락의 무게⋯⋯. 온전히 체중을 느끼려면 저울 위에 놓인 과일처럼 완전히 근육의 힘을 풀고 바닥에 몸을 맡겨야 합니다.

조금씩 조금씩 무게가 더해지는 것을 느껴보세요. 힘을 풀수록 물을 먹은 스펀지처럼 몸이 묵직하고 기분 좋게 바닥으로 꺼지는 느낌이 들 겁니다. 숨을 들이쉬고 내쉬면서 몸속의 불안과 스트레스, 근심이 날숨과 함께 숨구멍으로부터 땅속으로 스며드는 모습을 그립니다. 사우나에서 땀을 흘리듯이 긴장이 흘러나와 바닥으로 흡수됩니다. 좔좔좔 쓸데없는 감정들을 흘려내보내세요. 개운해질 때까지 호흡을 바라보며 땅에 밀착된 몸을 느낍니다.

이제 천천히 현재로 돌아와 손가락을 조금씩 움직이다가 두 주먹을 쥡니다. 서서히 주먹에 힘을 주다가 결국엔 있는 힘껏, 팔이 부들부들 떨릴 때까지 꽉 쥐세요. 동시에 숨을 한껏 들이쉬고 멈춰 서 한동안 버팁니다. 그리고 어느 순간 숨을 내쉬면서 '탁!'하고 모든 긴장을 한 번에 놓아버립니다. 이완을 가장 잘 맛볼 수 있는 때는 수축한 직후이기 때문에 이 방법은 매우 효과적입니다. 편안하고 상쾌한 기분을 느끼면서 미소를 짓습니다. 미소를 지으면서 눈을 뜨고 주위를 천천히 살펴보세요. 몸을 일으킬 때는 오른쪽으로 몸을 굴려서 팔을 짚고 부드럽게 상체를 세웁니다.

실버 블론드로 빛나는 은발의 일카(Ilka)는 늘 그녀의 정원에 매달린 해먹(그물 침대)만큼이나 편안해 보였다.

그녀는 영어를 그다지 유창하게 구사하지 못했다. 그래서 독일어라고는 고등학교 시절 배운 '구텐 탁(Guten Tag)'밖에 기억하지 못하는 나와 대화할 때마다 한참씩 말을 골라야 했다. 하지만 나는 일카가 허둥대거나 말을 더듬는 것을 본 적이 없다. 그녀는 오래 사용하지 않은 모국어를 말하듯 천천히 여유 있게 이야기했으며, 그녀가 머릿속에서 적절한 영어단어를 찾아내는 모습은 고색창연한 서가에서 책을 골라내는 장면을 떠올리게 했다.

잘 모르는 화제에 대해 이야기해야 하거나 아직 서툰 언어로 이야기해야 하는 상황에 놓이면 딱딱하게 긴장해서 오히려 말을 빨리 하려 드는 바람에, 몸짓은 과장되고 말은 더듬고 한참을 멈칫거리는 나와는 대조적인 모습이었다.

그녀는 어쩌다가 아이들에게까지 릴랙세이션(Relaxation)을 가르쳐야 하는 시대가 되었는지 모르겠다고 한탄하듯 말한 적이 있었다.

"내가 어릴 적만 해도 '스트레스'라는 말도 몰랐고 그저 놀기만 하면 되었었거든. 허클베리 핀처럼 뛰어다녔지만 그 움직임들 속에 긴장은 없었어. 뇌와 심장이 천진난만하게 이완되어 있었지. 그런데 지금의 아이들은 아니야. 아직 자아의 뼈대도 확립되지 않은 상태에서 어른과 똑같거나 더 큰 스트레스를 받으니 그걸 감당할 길이 없는 거지. 지금 유럽에서는 소아 병동이 스트레스 행동장애아들로 넘치고 있어."

그녀는 아이들에게 릴랙세이션을 유도할 때는 이야기를 해준다고 했다. 편안하게 앉히거나 눕혀놓고 할머니가 이야기를 들려주듯이.

'우리가 소풍을 간다고 생각하자. 사과가 주렁주렁 달린 과수원도 지나고, 개울도 건너고, 기다란 밀밭 길을 힘껏 달리고, 작은 언덕도 넘어서. 너무 오랫동안 달렸더니 피곤해지는데? 잔디밭에 누워서 쉬자. 가슴을 활짝 펴고 누워서 힘껏 숨을 들이마시고 토해내는 거야……'

아이들은 어른들보다 습관적으로 굳은 근육이 적기 때문에 훨씬 쉽게 이완을 이끌어낸다고 한다.

나는 늘 '어딘가에' 가야 했기 때문에 그녀의 릴렉세이션 수업이 끝나기가 무섭게 가장 먼저 매트에서 벌떡 일어나 머리를 재빨리 묶고, 가방을 챙겨 들고, 그녀의 목에 팔을 두르고 부리나케 뺨을 맞댄 뒤 신발을 신으면서 '그녀의 수업이 얼마나 훌륭했나'를 이야기했다. 내 마음은 벌써 문밖에서 버스를 기다리고 서 있었다.

어느 날 일카는 나의 번개같은 작별인사를 멈춰 세웠다.

"잠깐, 잠깐만, 바쁜 아가씨!"

그녀는 예의 그 편안한 웃는 주름을 보이며 내 어깨에서 가방을 벗겼다.

"나도 나이가 들었나 봐. 오늘은 어깨가 특히 결리네. 전에 태국에서 마사지를 배운 적 있다고 했지요? 잠깐 내 어깨 좀 주물러줄 수 있겠어요?"

평소에 무언가를 부탁한 적이 없던 그녀였기에 나는 조금 의아했지만 기쁜 마음으로 그러마고 했다. 재빨리 마음을 버스정류장에서 거둬 그녀의 거실로 옮겼고, 푹신한 방석 위에 자리를 잡은 그녀의 어깨를 주무르기 시작했다.

이건 내 지론인데 마사지를 제대로 하려면 호흡을 맞춰야 한다. 마사지를 하는 사람이 숨을 내쉴 때 받는 사람도 함께 내쉬어주어야, 근육이 편안하게 압력을 받아들일 수 있다. 나는 가볍게 오르락내리락하는 그녀의 가슴께를 보며 나의 호흡을 그에 맞게 조절하면서 천천히 뭉친 근육을 풀어갔다. 그리고 어느새 허둥대던 마음이 조용히 가라앉아 있는 것을 발견했다.

"정말 시원하네! 고마워요, 앞으로 종종 부탁해야겠는걸."

그녀가 감사의 인사를 하자마자 나는 또 벌떡 일어났다. '바쁜 걸 깜박 잊고 있었네!' 아까보다 두 배의 속도로 현관으로 달려가 운동화를 찾아 신고 허둥지둥 운동화 끈을 매고 있는데 일카가 어느새 내 앞에 앉아 있었다.

"내가 운동화 끈 예쁘게 묶는 법을 알아요. 마사지해준 답례로 묶어줄게요."

그녀는 평생 서둘러본 적이라고는 없는 듯, 침착한 손가락으로 내 운동화 끈을 죄다 풀어내 첫 구멍부터 다시 꿰기 시작했다.

나는 현관 턱에 걸터앉아 그녀가 한 코 한 코 끈을 지그재그로 집어넣고 잡아당기고 하는 것을 보고 있을 수밖에 없었다. 그 반복적이고 단순한 움직임을 보고 있자니 이상하게 마음이 가라앉으면서 나른한 기분이 들었다.

그리고 어느덧 그녀의 정연한 손놀림과 가지런하게 열을 맞춰 올라가는 운동화 끈의 아름다움을 즐기게까지 되었다. '스으, 스으……'

"다 됐어요. 봐, 아까보다 훨씬 단정하지요?"

둔감한 나는 그때쯤 되어서야 알아차렸다. 그녀가 단정하게 다시 묶어주었던 것은 내 운동화 끈만이 아니었다는 사실을.

"틈틈이 쉬는 법을 익히세요. 활기차고 바쁘게 사는 것은 참 좋은 일이지요. 하지만 마라톤 선수들도 수시로 물을 마시면서 뛰잖아요? 하루의 전쟁이 다 끝나고 침대에 누울 때까지 기다릴 필요는 없어요. 지금 한 것처럼 호흡을 센다거나 운동화 끈을 정성껏 묶는다거나, 찬물과 더운물을 번갈아 틀듯이 잠깐 잠깐씩 스스로를 그 '바쁨' 속에서 건져내야 해요. 그것이 지치지 않고 바쁘게 살 수 있는 비결이에요."

그녀의 충고에 따라 나는 문득문득 힘을 풀고 쉴 줄 알게 되었다. 벽에 걸린 시계의 분침을 바라보며 허겁지겁 우유에 탄 콘플레이크를 삼키다가도 스푼을 쥔 채 길게 숨을 내쉬며 '천천히'라고 스스로를 다독였고, 지하철을 갈아타기 위해 환승역의 인파 속에 섞여 걸으면서도 잠깐씩 마음의 힘을 풀고 쉬었다.

걷던 걸음을 멈추는 것도, 걷는 속도를 늦추는 것도 아닌데, 마음이 쉴 때 보이는 풍경은 조금 전과 아주 달랐다. 안절부절 못하는 거인이 내 신경다발을 꽉 움켜쥐고 있다가 스르륵 놓아 버린 것 같았다. 내가 던진 "쉬어라."는 마법의 한 마디에.

마음이 이야기할 땐 말이 입을 다문다

"사랑이라고 말하지 않는 열정,
기쁨이라고 소리 내지 않는 두근거림,
배려라고 발음하지 않는 소중함."

파비트라는 '말을 하고 싶지 않아서' 바닷가에 집을 짓고 혼자 사는 사람이었다.

그는 프랑스에서 변호사였다고 한다. 아니, 대학 교수였다고 한다. 거짓말, 별 볼 일 없는 룸펜이었다고 한다. 그는 정말로 말을 하지 않았으므로 이런저런 추측만이 무성할 뿐이었다.

나의 추측은 이랬다.

교수든 정치인이든 변호사든 하릴없는 지식인이든, 어쨌든 그는 말을 쏟아내는 사람이었을 거라고. 말이 말을 낳고, 말이 말을 부르고, 말이 말과 부딪혀 피를 흘릴 즈음 그는 그의 말들을 떠났을 거라고. 그래서 외딴 바닷가에 그토록 외딴 집을 짓고 세상을 향해서 낡은 첼로 소리만을 내기로 작정했던 거라고.

그는 파도에 쓸려갈 듯 바다에 바짝 붙여 지은 집에서 그의 첼로와 단둘이 앉아 있었다. 그의 몇 안 되는 친구 중 한 명인 음악가 크리슈나가 나를 그의 집에 데리고 가주었다.

"오늘 밤이 풀문(보름달)이거든. 그가 유일하게 친구를 초대하는 날이야. 나는 말하지 않아도 초대 받았다는 걸 아니까 그냥 가면 돼."

하지만 그는 누군가를 초대한 사람치고는 지나치게 무심했다. 단정하게 빗어 묶은, 굽이치는 은발이 아름답긴 했지만 초면인 내게 그 흔한 목례 한 번 없이 물끄러미 서 있게 만들다니.

"파비트라, 내가 전에 말했던 그 친구야. 분명히 너랑 말이 통할 것 같아서. 어때, 세라랑 이야기를 한번 나눠보지 않을래?"

크리슈나는 붙임성 좋게 나를 소개했다. 그는 그제야 나를 돌아보더니 눈으로 인사를 했다. 웃음기 없는 얼굴이 잔잔하게 일렁였다. 크리슈나는 방 안에 놓인 유일한 가구인 침대 모퉁이에 멋대로 나를 눌러 앉히고는, 무언가를 기다리는 듯 스스로도 턱을 괴고 앉았다.

파비트라가 첼로의 현을 고르는 동안 나는 그와 그의 첼로를 꼼꼼히 살펴볼 수 있었다. 첼로는 그보다도 나이가 많은 듯 반들반들하게 낡아 있었다. 너무 낡아서 몸통 부분을 밴드로 묶고 연주를 해야 했다.

"그는 한 번도 첼로 수업을 받은 적이 없어."

크리슈나가 내 귀에 대고 속삭이듯 말했다.

"교본도 없이 혼자서 배운 거야. 그래서 그의 첼로는 연주를 하는 게 아니라 말을 해."

이윽고 파비트라가 말을 하기 시작했다.

그의 목소리는 조화롭고 그윽한 곳에서 울려 나왔다.

'조용조용, 사근사근……'.

'말을 한다'는 것이 무엇인지 이제 알겠다. 마음의 사려 깊은 떨림, 그것을 느낄 수 있게 정중히 건네주는 것. 첼로는 그런 대화를 나누기에 완벽한 성대를 갖고 있었다. 사랑이라고 말하지 않는 열정, 기쁨이라고 소리 내지 않는 두근거림, 배려라고 발음하지 않는 소중함……. 그것을 말하기에 사람의 언어란 때론 얼마나 조악한 것인지.

그가 한마디 끝내고 나면 우리는 가슴으로 그의 말에 열렬히 답했다. 우리의 대화는 밤늦도록 이어졌고, 어느덧 떠오른 달이 첼로 선율을 타고 서늘한 가슴속 이야기를 늘어놓았다.

달도 원래는 하나의 별이란 걸 안다. 하지만 조금 더 우리 가까이 있기에 달리 보이고, 무리에서 선택되어 특별한 이름을 얻는다. '달도', '별들도'…… 하는 식으로. 가깝기에 의미 있는 단 하나가 된다.

결국, 우리에게 중요한 유일한 것은 거리가 아닐까? 가깝거나 멀거나 하는 거리 말이다. 언어의 다리를 건너지 않고, 바로 심장 곁에서 울리는 첼로의 이야기가 그토록 또렷이 이해되는 것을 보면.

서두르지 않고, 설득하려 들지도 않는 달의 목소리에, 우리는 진심으로 고개를 끄덕였다.

" '말을 한다는 것'은 마음의 사려 깊은 떨림,
그것을 느낄 수 있게 정중히 건네주는 것."

"제가 무례를 범하진 않았나요?"

나와 너를 위한 상냥함,
돌봄과 화해에 관하여

작은 변명을 허락하신다면……

제가 당신 앞에 무례하게 굴기로 작정하고 저지른 일은 아닙니다.

저는 무례한 세상 속에서 스스로를 지키기 위해 싸워왔을 뿐입니다.

필요하다면 거짓말도 했고, 자존심을 건 결투로 피를 흘리기도 했습니다.

그런데 나의 삶이여,
혹시 그것이 당신에게도 상처가 되진 않았나요?

나비처럼 상냥하게, 다정한 대화 속을 거닐다

"좋은 대화는 춤을 추는 것과 같아요.
함께 춤을 추는 두 사람 모두가 만족해야만 끝이 나지요."
— 비폭력 대화법 리더, 로사

'속이 터진다. 누구든 뭐라도 말을 해야 할 것 아닌가? 이 어색하게 흐르는 침묵을 그냥 방치하다니.'

벌써 5분째다.

알고 있겠지만 사람이 셋 이상 모인 자리에서 갑자기 대화가 뚝 끊기는 순간이 오면 참으로 난감하다. 어디에다 눈을 둬야 할지, 뭘 해야 할지 마음이 갈피를 못 잡고 미끈둥거린다.

그때 그 자리에는 국적도, 직업도, 연령대도 다른 열여섯 명이 모여 있었고, 우리의 리더는 모임 장소에 들어오자마자 모두에게 가볍게 눈인사만 하고는 저렇게 태평하게 앉아만 있다.

그 납덩이 같은 침묵의 5분이 얼마나 힘겹게 흘러가던지. 나는 이 모임의 리더인 땋은 머리 여자를 흘겨본다.

'빨리 프로그램을 진행해! 우리는 이렇게 우두커니 앉아 있으려고 온 게 아니라고!'

그녀는 분명히 내 눈길을 알아챘다. 하지만 아랑곳하지 않고 무책임하게 웃고 있을 뿐이었다.

저 여자(나는 감정적이 되면 이런 어투를 쓴다), 우리를 질식사 시키려 드는 것이 분명했다. 참 끈기 있게도 그 상태로 10분을 더 버틴 것을 보면. 물에 빠진 사람이 발버둥치다가 진이 빠져 축 늘어질 때까지 기다리는 구조대원 같다. 구조대원으로 일하는 친구에게서 들은 이야기인데, 물에 빠지자마자 온 힘을 다해 버둥대는 사람을 구조하는 일만큼 위험한 것은 없다고 한다. 그래서 그 사람이 힘이 빠질 때까지 지켜보다가 축 늘어질 때쯤 뒤로 다가가 끌고 나온다고. 지당하신 말씀이다. 하지만 만약 내가 물에 빠져 허우적거리는데 물을 들이켤 만큼 들이켜고 의식이 가물가물해질 때까지 저쪽에서 팔짱 끼고 구경만 하고 있다면, 가만두지 않을 테다!

"저어…… 제가 모임을 잘못 찾아온 것 같군요. 침묵 대화법 (Non Verbal Communication) 모임인 줄은 몰랐습니다."

아, 드디어! 숨통이 탁 트인다. 턱수염을 기른 한 중년의 신사가 인내심이 한계에 다다른 듯 격앙된 목소리로 항의해준 것이다. 원래 우리가 참석했던 비폭력 대화법(Non Violence Communication)은 NVC라는 이니셜로 불리는데, 같은 이니셜을 사용해 슬쩍 비꼰 것이다. 그 뒤를 이어 물꼬가 터진 듯, 여기저기서 사람들이 불평의 말을 쏟아낸 것은 물론이다.

와글와글 불평들이 잦아질 때를 기다려, 길게 땋은 머리를 늘어뜨리고 참을성 좋게 웃고 있던 리더가 던진 최초의 한마디는 이랬다.

"자칼 열네 마리, 기린 두 마리!"

침착하지만 쾌활한 목소리였다. 그런데 이건 또 무슨 소리란 말인가?

"침묵 속에는 두 마리 짐승이 귀를 세우고 있지요. 물어뜯을 준비가 된 자칼과 그냥 들을 뿐인 기린. 동물 다큐멘터리를 보면 그 차이를 잘 알 수 있어요. 자칼은 풀숲에 낮게 엎드려 오

로지 먹잇감을 찾습니다. 그리고 호시탐탐 상대방의 허점이 드
러나기를 기다리지요. 그러다가 조금이라도 빈 곳이 발견되면
순식간에 공격해서 숨통을 끊어놓습니다.

　하지만 기린은 아주 달라요. 그 긴 목의 꼭대기에 달린 온순
한 귀로 초원 전체를 굽어보며 모든 소리를 다 듣지요. 풀들이
바스락거리면 토끼가 바삐 뛰어가고 있다는 걸, 그 뒤에는 토
끼를 쫓는 늑대가 있다는 걸, 늑대 뒤에는 먹이를 기다리는 새
끼늑대들이 있다는 걸 알고 있어요. 상황을 전체적으로 파악하
고 어느 한쪽에 치우치게 판단하지 않지요. 우리들 마음속에는
이 두 마리 짐승이 모두 살고 있어요. 그 둘 중 어느 쪽을 불러
내는가 하는 것은 전적으로 우리의 선택입니다."

　침묵으로 우리를 괴롭혔던 로사는 일단 입을 열자 얄밉게도
달변가였다. 그 땋은 머리의 리더 이름은 로사라고 했다. 스페
인과 포르투갈의 피가 섞인 시원스런 미인이었다. 갈색의 마른
몸, 여윈 뺨으로 눈을 빛내며 웃는 모습이 지혜로운 인디언 추
장의 딸 같다.

　우리는 당장 실전 연습 게임에 들어갔다.

　먼저 술래가 한 명 필요했다. 여기서 게임의 룰을 간단히 설

명하자면, 한 사람이 '기린' 역할을 맡는다. 그 사람이 무언가 한마디 말을 하면, 그를 둘러싼 나머지 사람들은 '자칼'의 귀를 세워 들은 다음, 있는 힘껏 발톱을 세워 한마디씩 그가 한 말을 할퀴는 것이다. 물론 가엾은 기린은 감정적으로 되받아치지도 않고, 화를 내지도 않고, 변명하지도 않은 채 일일이 기린다운 대답을 해야 한다.

"자, 누가 용감한 첫 번째 기린이 되어볼까요?"

이럴 때 눈에 띄는 것만큼 곤란한 일도 없다. 유일한 동양인이었던 나는 거의 대부분의 참가자들의 눈길을 받고 말았다. 게다가 서양인들은 흔히 동양인들이 온순하고 참을성이 많다고 생각한다. '기린'이 되기에 적합하다는 뜻이다.

로사는 게임을 시작하기 전, 우리의 머리 위에서 돌아가던 팬을 껐다. 윙윙하는 소음 때문에 목소리가 잘 들리지 않는다는 좀 나이 든 참가자의 불평이 있었기 때문이었다. 순간, 덥고 조용한 공기가 털썩 내려앉는다.

훅~ 끼치는 열기. 순식간에 사바나의 정글로 변한 그 방 안에서, 나는 발톱도 없이 첫 번째 희생양이 될 말을 꺼내야 했다.

"이런 게임은 처음이에요. 자신은 없지만 열심히 해볼게요."

말이 떨어지기가 무섭게 맨 먼저 로사가 냉큼 물어뜯는다.

"흥! 일본인들이 겸손한 척하는 데는 구역질이 난다니까!"

두 가지 대꾸가 즉시 목에서 끓어오른다.

'난 일본인이 아니야, 멋대로 판단하지 마!'

'이 역할은 어차피 누군가 맡아야 했던 거잖아!'

하지만 나는 애써 기린을 불러낸다. '말을 하는 상대방의 욕구에 초점을 맞추자. 나의 감정이 아니라⋯.'

"당신은 제가 좀 더 솔직하게 말하기를 원하시는군요?"

로사가 웃으며 고개를 끄덕인다. 일단 합격.

"웃기시네, 어디서 대범한 척이야? 지금 우리를 내려다보고 있는 투로 말하고 있잖아?"

두 마리째 자칼의 공격.

"그럼, 나더러 어떻게 말하라는 거예요!"

생각할 틈도 없이 나와버린 나의 대꾸에 '삐익 -' 하고 대번 로사의 경고가 날아왔다. 반박해선 안 된다. 그의 말은 그의 느낌일 뿐이므로. 거기에 휘말려들어 함께 공격하기보다 그 말을 하는 상대방의 진정한 의도를 읽도록 노력하는 것이 비폭력 대화의 본질이므로. 나는 다시 말을 고쳤다.

"제가 솔직하게 대하지 않는다고 느껴져서 기분이 상하셨나요?"

이 정도면 그럭저럭 합격.

"말도 말이지만, 당신이 앉아 있는 자세부터가 마음에 안 들어. 항상 그렇게 고개를 쳐들고 턱을 빳빳이 치켜들곤 하나?"

세 마리째. 하지만 이건 너무하다. 인신공격 수준이다. 나는 숨을 고른다.

"저의 자세가 거슬리셨다니, 상당히 예감하시군요."

애써 골라낸 이 말도 경고! 판단을 내려서도 안 된다. '성미가 급하다, 말을 너무 심하게 한다, 무례하다 등등', 말로 상대방을 판단하는 것 역시 폭력의 소지가 농후하다. '당신은 좋은 사람이군요.' 같은 말은 언뜻 듣기에는 칭찬 같지만, 어떤 의미에서 폭력적인 말이 될 수가 있다. 멋대로 '좋은 사람'이라는 올가미를 씌워놓고는, 자신의 뜻대로 움직여주길 바라는 배후 심리가 작용하기 때문에 그렇다.

나를 둘러싼 자칼들의 공격이 시작되고 얼마 지나지 않아, 나는 벌써 상처투성이가 되고 말았다. 이것은 연습일 뿐이며 누구도 진심을 담아 하는 말은 아니라는 사실을 알고 있었지만, 마음이 상했다. 빈말이라도 '말의 폭력이 가진 힘'은 대단했다. 견디기 힘들었다. 권투 선수가 연습용으로 날리는 주먹이라 할지라도 펀치는 펀치다.

여섯 번째로 깡마른 한 할아버지가 할퀴고 들었을 땐, 내 마음은 이미 상할 대로 상해서 눈에 핏발이 설 지경이었다.

"말을 그런 식으로밖에 못해? 참 따분한 아가씨로구먼!"

그 즈음해서 로사가 '이제 술래를 바꿀 차례'라고 말해주지 않았더라면, 나는 그 자리를 박차고 나가거나 유치하게도 눈물을 보일 뻔했다. 이제 다시는, 농담으로라도 내 앞에 있는 사람의 기분을 다치게 하지 않으리라. 지금까지 내가 '농담'이라는 이름으로 휘둘렀던 폭력들이, 그리고 가했을 상처들이 고스란히 보이는 것 같아 부끄럽기 짝이 없었다.

무신경한 말로 듣는 사람의 기분을 엉망진창으로 만들어놓고는 '하하, 농담이야, 농담! 농담 좀 한 걸 갖고 뭘 그래?' 하며 웃어넘기려는 사람들이 당신 주위에도 있다면 내가 이 자리를 빌려 대신 사과한다. 내가 나빴다. 진심으로 죄송하다.

"훌륭한 기린이었어요!"

내 차례가 끝나자 사람들은 따뜻하게 박수를 쳐주었다. 어느새 자칼들은 물러가고 온화한 얼굴의 기린들이 나를 둘러싸고 있었다.

"생각보다 어렵죠? 몸에 밴 습관을 뜯어고쳐야 하니까 그래요."

로사는 땋아 내린 머리끝에 달린 방울꽃 몇 송이를 떼어주며 나의 감정적 피로를 어루만져주었다.

"가만히 살펴보면 우리의 모든 행동들은 거의 습관적인 것들이지요. 음식을 씹을 때도 오른쪽으로만 씹는 사람이 있는가 하면 왼쪽으로만 씹는 사람이 있잖아요. 세수를 하면서 턱 아래쪽은 꼭 빠뜨리고 씻는다든가, 옷을 고를 때 결국은 검은색을 사고 만다든가……. 담배를 쉽게 끊지 못하는 이유도 '피워 무는' 습관을 고치기 힘들기 때문이에요. 이런 눈에 보이는 습관뿐만 아니라 우리의 감정 처리 방법이나 대화법도 습관의 문제라는 사실을 모두가 알았으면 좋겠어요.

걸핏하면 버럭버럭 화를 잘 내는 사람이 있지요? 그 사람은 화를 내는 게 오른손으로 밥을 먹는 것처럼 습관이 되어버린 거예요. 말을 끝까지 듣지 못하고 말허리를 자르는 것도 습관이지요. 꼭 그렇게 하는 사람들은 정해져 있으니까요. 지금, 공격을 받고도 평화롭게 대꾸하는 연습이 힘들게 느껴지는 이유도 습관상 익숙하지 않아서일 뿐이에요. 하지만 일단 습관을 바꾸고 나면 크게 힘들이지 않고도 서로 상처 없는 대화를 나눌 수 있지요."

모두가 크게 고개를 끄덕인다.

'내 마음은 언제나 자칼의 귀를 앞세워 듣는 습관에 물들어 있었구나.'

하지만 아직 의심하는 습관에서 자유로워지지 못한 나는 끝내 그녀에게 묻고 말았다.

"로사, 솔직히 대답해줘요. 그래서 당신은 절대로, 언제나, 어떤 말에도 화를 내지 않고 평화롭게 대꾸할 수 있나요? 가족들과 다툴 때도? 정말 억울한 일을 당했을 때도?"

로사는 내 질문에 얼굴이 빨개지도록 웃었다.

"아니요! 물론 아니에요. 하지만 누군가와 대화를 시작하기 전에 아주 잠깐이라도 내 마음속을 들여다보려고 노력해요. 만약 그때 우연찮게 내 기분이 상해 있는 상태이거나 우울한 상태라면 상대방이 무슨 말을 하든 곧장 자칼의 귀에 들어가버리거든요. 내가 기분이 좋고 너그러운 상태라면 물론 기린이 들어주겠지만요. 스스로의 기분을 먼저 알아차려야 해요. 즉, 듣기에 기분 좋은 말인지 기분 나쁜 말인지 결정하는 것은 듣는 쪽이지 말하는 쪽이 아니란 걸요."

슬기로운 로사! 나는 당장 그녀의 방법을 흉내 내기로 했다.

로사가 가르쳐준 '기린의 대화법' 중 기본적이고 따라 하기 쉬운 세 가지를 소개한다.

첫째, 감정적으로 받아들이지 말 것(Don't take it Personally).
이런 대화가 아마도 익숙하게 느껴질 것이다.
"너에겐 좀 더 어두운 색 옷이 어울릴 것 같아."
"너, 지금 내가 뚱뚱하다는 말을 하고 싶은 거야?"
자신의 콤플렉스나 약점을 가장 신랄하게 비판하고 손가락질하는 것은 언제나 우리 자신이다. 알고 있겠지만, 고의로 상대방의 기분을 상하게 하려고 말을 고르는 경우는 얼마 되지 않는다. 별 뜻 없이 한 말에 상대방이 상처를 받아 당황하는 경우는 많이 있어도.

또 의외로 사람들은 다른 사람의 약점에 그다지 관심이 없다. 당신이 생각하는 것만큼 속속들이 당신의 치부들을 꿰고 있지도 않다. 무심코 한 말, 별 생각 없이 한 말에 내 안의 자칼은 발톱을 세운다. 상대방은 단지 옷의 색깔에 관해 이야기했을 뿐인데도, 스스로는 끈질기게 자신의 못마땅한 신체 사이즈에 매달려 있는 것이다.

둘째, 거리를 유지하되 공감의 끈을 놓치지 말 것(Keep distance in Sympathy).

"네가 문을 쾅쾅 닫고 다니는 통에 머리가 다 지끈거려!"

"시험에서 떨어진 것 때문에 별 게 다 신경이 쓰이는 모양이구나? 산책이라도 좀 다녀오는 게 어때?"

이 경우 후자의 사람은 기린의 말을 하는 것 같지만 실은 자칼의 말을 하고 있다. 비폭력 대화법을 실천하려는 사람들이 가장 흔히 저지르는 실수가 바로 '공감대 없는 거리 두기'다. 물론 상대방의 말을 감정을 섞지 않고 '있는 그대로' 바라보는 것은 중요하다. 하지만 그것이 '기분이 상한 것은 알겠어. 그렇지만 그건 네 문제일 뿐이야. 나까지 그 속에 끌어들이려 하지마.' 하는 식이 된다면 또 다른, 어떤 의미에서는 오히려 더 큰 폭력이 될 뿐이다. 상대방의 감정에 철저히 무책임한 방관자로 남으려는 태도는 냉정할 뿐만 아니라 잔인하기까지 하다.

 셋째, '알아, 하지만(I know, but……)'의 형식이 아니라 '당신은 ~을 원합니까(You need~)?'의 형식으로 답할 것.
 "당신은 너무 이기적이에요! 늘 자기 멋대로 행동하잖아요!"
 "내가 좀 더 자주 당신의 의견을 물어주길 바라오?"
 만약 이 대화에서 후자가 자칼처럼 받아쳤다면, 발톱을 세워 이렇게 할퀴었을 것이다. "알아! 내가 지난주에 골프채 산 걸 가지고 그러는 거지? 그러는 당신은 그 쓸데없는 옷들을 나하고 상의해서 샀나?"
 스스로의 감정적 기준에서 판단하고 즉시 약점을 찾아 반박한다. 이런 대화법은 끝없는 감정적 반박의 악순환을 만들어낼 뿐이다. 대화가 거듭될수록 애초에 말을 꺼낸 사람의 의도와 욕구는 깡그리 잊혀버리고, 다치고 상한 감정들만이 남아 으르

렁거리게 된다. 그리고 결국 '당신에게 말을 꺼낸 내가 잘못이지.' 하는 자책과 '이러려고 시작한 게 아니었는데…….' 하는 후회로 끝을 맺는다.

　로사와 함께했던 정글에서의 한나절은 치열하면서도 아름다웠다. "좋은 대화는 춤을 추는 것과 같아요. 함께 춤을 추는 두 사람 모두가 만족해야만 끝이 나지요. 어느 한쪽이 일방적으로 할 말이 끝났다고 해서 그 '대화'가 끝났다고 생각해서는 안 돼요. 서로의 발을 밟지 않도록 조심하면서 오고 가는 말 속의 숨은 욕구를 찾아내야 하는 거죠. 두 마리 기린이 흡족하게 마주 보고 웃을 때까지 춤은 계속되어야 합니다."

　춤을 추듯 이야기하고 싶다.
　따뜻한 공기 속에서 춤추는 두 마리 나비처럼 상냥하게, 언제까지나 다정한 대화 속을 날다 길을 잃고 싶다.

"우리들 마음속에는 자칼과 기린, 이 두 마리 짐승이 모두 살고 있어요.
어느 쪽을 불러내느냐는 전적으로 우리의 선택이죠."

쓱싹쓱싹 그냥 지워버려!

"기분이 상했을 때는
그 기분을 그냥 지우개로 쓱싹쓱싹 지워버리면 돼.
참, 지우개 가루를 잘 털어버리는 것도 잊지 마!"
— CF모델, 재호

"쓱싹 쓱싹 쓱싹······ 자, 이제 말끔하게 지워졌지? 내가 지우개 가루 털어줄게."

장난스럽게 입으로 후후 불어가며 정말로 내 머리 위에서 무언가를 털어내는 시늉까지 한다. 새벽 1시. 날씨는 추웠고 나는 기분이 엉망이었다.

미사리 쪽에 있던 CF 촬영 세트장. 초짜 카피라이터였던 나는 촬영이 있을 때마다 세트장에서 함께 밤을 새우며 광고 감각을 익히려 애를 쓰고 있었다. 그날은 J제약회사의 광고를 제작하는 날이었다. 천정부지 개런티의 유명 탤런트 한 명과 대여섯 명의 엑스트라 모델들.

재호는 그 '들러리' 모델 중 한 명이었다. 한국인과 미국인 혼혈로, 외모만은 미국인 아버지를 쏙 빼닮았지만 영어는 한마디도 못하는 순 토종 한국인이었다. 재호는 인기 모델은 아니었지만, 광고에서 소위 말하는 '외국 삘'을 낼 때 심심찮게 불려 다니곤 했다. 나와 촬영장에서 만난 것만도 벌써 세 번째여서 꽤 반갑게 인사를 하는 사이이기도 했다.

광고 촬영은 생각보다 아주 더디게 진행된다. 세트, 조명 등을 맞추다 보면 세 시간이고 네 시간이고 기다리는 경우가 허다하기 때문에, 우리는 지루함을 잊기 위해 이런저런 이야기를 나누곤 했었다.

재호는 아버지의 얼굴을 본 적이 없다고 했다. 아버지보다 책임감이 강했던 그의 어머니는 아들에게 자신의 성을 붙여주었다.

"어머니에게 아버지 일을 묻는 것은 비열한 짓이라는 걸 아주 어렸을 때부터 그냥 알았기 때문에 묻지 않았어."

백인의 얼굴을 한 어린 아들과 홀어머니의 삶이 어떠했을지는 굳이 듣지 않아도 짚이는 바가 있어, 나는 고개를 끄덕였었다. 재호는 그 모든 일들을 담담하게 말했다. 어릴 때는 높은 코를 베어버리고 싶을 정도로 증오했지만, 지금은 그 덕에 어머니와 먹고살 수 있으니 베어버리지 않길 잘했다고 농담을 하기도 했다. 그 셀 수 없이 많은 크고 작은 상처들을, 증오들을, 설움들을 겪은 사람답지 않게 재호는 밝았다.

그리고 그날 그는 그 비결을 내게 전수해주었다.

"카피가 왜 이래, 이거! 모델 입에 붙질 않잖아! 써본 적 없는 티를 그렇게 내야겠어?"

유명 모델이 벌써 몇 번째 대사에서 NG를 내자, 감독은 짜증을 내며 버럭 소리를 질렀다. 늘 이런 식이지. 걸핏하면 카피 탓이다. 광고가 기대만큼 매출을 올리지 못해도, 하다못해 비싼 연예인이 대사를 잘못해도 그건 카피가 유치해서 그렇다.

다혈질인 나는 금방 얼굴색이 변한다. '지금 한 그 말, 후회하게 해주겠어.' 벌떡 일어나는 나를 재호가 붙잡아 앉힌다.

"그냥 하는 소리야, 너한테 하는 소리가 아니야."

"무슨 소리야? 지금 내가 초짜라고 무시하는 소리 안 들려?"

"저런 걸 '개소리'라고 하는 거야. 그냥 지워버려."

이마 위까지 부글부글 끓고 있는 내게 재호는 '지우개 사용법'을 침착하게 알려주었다.

"일단 눈을 감고 지금 들은 말을 타이핑하듯이 또박또박 한 글자씩 써봐. 한 자도 빼놓지 말고 다 써야 해. 다 썼어? 그럼 지금부터 눈동자가 지우개라고 생각하는 거야. 지우개를 움직여서 한 글자씩 지워나가. 옆으로 문질러 지워도 되고 위아래로 문질러 지워도 돼. 카… 피… 가… 왜… 이… 래… 이…거…, 초등학교 때 하던 대로 빡빡 문질러서 깨끗이 지워. 다 지웠어? 이제 눈을 떠."

그리고는 지우개 가루를 털어준다며 내 뒤통수 부분을 털어내는 시늉을 해준 것이었다.

"하하하, 싱겁긴……."

나는 웃었지만, 사실은 깜짝 놀랐다. 눈동자를 이리저리 움직이는 것은 뜻밖에 아주 도움이 되었다. 더 이상 화가 나지 않앉던 것이다. 정말 지우개로 말끔히 지운 것처럼. 그리고 한 글자 한 글자씩 떼어서 읽어보니, 내게 상처를 입혔다고 생각했던 그 말이 실은 의미 없는 음절들의 조합에 지나지 않았다.

그 후로 오랜 시간이 지나 어느 책에서 재호의 '지우개 이론'을 다시 발견하고는 또 한 번 놀라지 않을 수 없었다. 충격적인 사건의 정신적 후유증을 치료하는 데 환자의 눈동자 운동을 이용한다는 내용이었다. 떠올리고 싶지 않은 사건 현장을 일부러 생생하게 떠올리면서 눈동자를 크게 좌우로 움직이면, 그 후유증에서 벗어나기가 쉽다고 했다. 그 책을 쓴 의학박사보다 훨씬 전에 재호는 그 사실을 알고 있었다. 난폭한 세상과 맞서 싸우지 않기 위해서, 스스로의 존엄을 지키고 어머니와의 삶을 지키기 위해서.

그 의학박사에게 재호의 '지우개 방식'을 소개해주고 싶다. 더 쉽고도 효과가 확실한 방법이 있노라고. 그리고 지우고 난 뒤에는 꼭 지우개 가루도 털어주어야 한다고.

"내가 충분히 매력적인가요?"

멋진 자세,
혹은 꿈을 이루는 것에 관하여

솔직히 대답해주시기 바랍니다.

저의 어디에 끌리셨나요?

당신은 태양의 환한 빛과 서늘한 밤을 저와 함께 나누기로 선택하셨습니다.

하지만 길 위에서 지치고 먼지 묻고 초췌해진 저를 보면

문득문득 불안해집니다.

"나의 삶이여,

  당신 보시기에 제가 여전히 가슴 뛰는 존재인가요?"

꿈이 당신에게 반해서 프러포즈하는 날

"역시 매력의 문제입니다.
우주와 연애할 만한,
꿈을 유혹할 만한
당신의 매력은 무엇입니까?"
— 의사, 세바스티앙

'꿈을 꾼다는 것', '그 꿈을 포기하지 않고 기다린다는 것', 그리고 '그 꿈을 계속 유혹할 만큼 매력을 유지한다는 것'. 그것은 도대체 어떤 것일까?

내가 만난 세바스티앙은 그런 사람이었다. '꿈을 꾼다는 것'의 의미를 제대로 아는 사람. 내가 스스로의 무기력함에 빠져 있을 틈을 주지 않도록, 내가 가진 매력을 다시 한 번 되돌아볼 수 있도록 동기부여를 해준 사람 말이다.

그의 이야기를 듣는 동안 나는 내내 생각에 잠겨 있었다.

'나는 충분히 매력적인 사람일까?'

물론 때때로 모든 걸 포기해버리고 싶은 유혹이 찾아오지만, 그때마다 나는 세바스티앙의 이야기를 기억한다.

꿈을 선언하는 것은 편지를 부치는 것과 같다.

원하는 것을 머릿속에 선명하게 그리거나, 종이 위에 적어서 형태를 갖추도록 하는 것이 바로 꿈을 선언하는 행위다. 그 꿈은 인공위성처럼 저 멀리로 솟아올라서 지구를 한 바퀴 돌고, 그것을 이루는 데 필요한 에너지와 사람들의 손을 두루 거친 뒤, 당신에게 가장 적합한 방식으로 만들어져 당신 문 앞에 배달될 것이다.

모든 편지들이 그렇듯이 꿈이 돌아오는 데는 시간이 걸릴 수도 있다. 그 시간 동안 주소를 바꾸지 않고 기다리는 것이 가장 중요하다. 일단 부친 편지는 도착하게 되어 있다. 즐겁게 기뻐하며 좋아하는 일을 계속하면서 기다려라. 꿈도 꾸지 않고, 확실한 소망을 적어본 적도 없는 사람이라면, 물론 도착할 것도 없으니 희망 없이 하루하루를 우연과 행운에 기대어 견딜 수밖에 없을 것이다. 하지만 일단 꿈을 쏘아 올렸다면, 확실한 이미지로 형상화했다면 그것은 반드시 당신에게 당도한다.

사람들은 조바심이 피 안에 끓는 것을 어찌할 도리가 없는지, 편지가 특급 우편처럼 바로 다음 주에 당도하지 않으면 이내 포기하고 주소를 바꿔버린다. 꿈을 포기하거나 의심하는 것이 바로 주소를 바꿔버리는 행위다.

"현실을 직시해!"

"제발 꿈 깨!"

이런 말이 바로 꿈을 발송하지 않는 사람들의 고정 레퍼토리다. 물론 그들에겐 도착할 꿈이 없으니, 현실만이 모든 것일 수밖에 없다. 하지만 당신은 다르다. 그들의 논리에 휩쓸려 그저 그런 예전의 흐름에 몸을 맡기고 '사는 게 다 그렇지 뭐.'라고 해버리면, 당신 앞으로 도착하게 되어 있는 그 편지는 수취인 불명이 되어버린다.

당신이 꿈이 도착하는 그날, 아직 그곳에 살고 있었으면 좋겠다. 그리고 그 꿈을 덥석 받을 만한 건강과 매력을 유지하고 있었으면 좋겠다. 매력을 유지하는 일, 그것은 정말 중요하다. 그것은 아름다운 외모나 프라다 핸드백으로 얻어질 수 있는 것이 아니라, 당신을 휘감고 있는 공기의 느낌이 세상의 모든 좋은 일들을 유혹할 만큼 매력적이어야 한다는 뜻이다. 무언가를 소망하는 것만으로는 충분치 않다. 당신이 얻기를 원하는 그것 또한 당신을 원해야 꿈의 데이트가 이루어진다. 간절히 원해도 대부분의 소망들이 짝사랑으로 지쳐 끝나고 마는 것은, 어느 한쪽이 다른 한쪽에게 충분히 매력적으로 느껴지지 않았기 때문이다.

당신만이 할 수 있는 어떤 일이 있다고 하자. 당신을 간절히 원하고 기다리는 그 일은 당신을 꿈꾸고 소망한다. 하지만 불행히도 만일 당신이 그 일에 그다지 흥미를 느끼지 못한다면 당신은 다른 기회나 다른 일을 선택하게 될 것이다. 반면 당신이 아무리 원하고 소망한다 해도, 당신이 그 꿈에 합당한 매력을 갖추지 못했을 경우 똑같은 일(꿈이 당신에게 흥미를 느끼지 못하고 다른 사람을 선택하는)이 벌어지고 만다. 이것은 이미 과학적으로도 입증된 우주 연애의 정석이다.

때로는 시간이 중매쟁이 역할을 해주기도 한다. 고등학생 때

나는 코미디언이 되고 싶어 했다. 막스 렝데(Max Linder, 찰리 채플린과 어깨를 나란히 하는 프랑스 코미디의 대부)처럼, 사람들의 배꼽과 넋을 동시에 빼놓는 기막힌 코미디를 하고 싶었다.

그런데 그 꿈은 날 거들떠보지도 않았다. 그도 그럴 것이 나는 전형적인 소심한 공부벌레 스타일이었다. 지나치게 내성적인데다 병약하기까지 했다. 사람들 앞에서 발표는커녕, 답안지를 다 작성하고 교탁 앞으로 제출하러 나갈 때조차, 친구들의 시선이 느껴져 등이 후끈후끈 달아오를 지경이었다.

어느 날 '장래희망' 란에 젖 먹던 용기까지 짜내서 '코미디언'이라고 적어넣었건만, 묘하게 가학적이던 담임선생은 모두들 앞에서 그걸 큰 소리로 읽어버렸다. 덕분에 나는 2주일 동안이나 조롱을 당하거나 변명을 해야 하는 비굴한 신세가 되고 말았다. 하지만 나도 인정하지 않을 수 없다. 그 당시의 나를 원했던 꿈은 아마도 가톨릭 신부쯤이었을 것이다.

내가 최초로 날 원하는 꿈의 프러포즈를 받았던 것은 대학교 3학년 때였다. 그 당시의 나는 코미디언에서 연극배우로 조금 꿈의 궤도수정을 하고 있었다. 내 성격상 사람들을 웃기는 것은 무리라는 것을 스스로도 납득할 만한 나이니까.

그날은 몇 개 대학들이 함께 기획한 '자선 모금을 위한 파티'가 열리는 날이었다. 나는 여전히 소심했고 별로 인기가 없었기 때문에, 플로어에 나가 춤을 출 일이 없는 사람들을 위한 구석 자리에서 혼자 소다수를 홀짝이고 있었다. 음악은 시끄럽게 울려댔고 어깨를 드러낸 여학생들이 머리를 한껏 뒤로 빗어 넘긴 남학생들과 함께 스텝을 밟았다. 모두들 유쾌하고 당당해 보였다.

'저 자신감은 어디서 오는 걸까? 다들 양지에서 자란 식물들 같아.'

혼자 중얼거리고 있을 때였다.

"멋진 손이군요."

파티의 쾌활함을 그대로 묻힌 목소리 하나가 내게 날아들었다. 정신이 번쩍 드는 것 같았다. 목소리가 들려온 쪽에는 구슬 귀걸이를 치렁치렁 늘어뜨린 미인이 서 있었다. 지금 막 댄스 플로어에서 빠져나온 듯 아직 가슴이 오르락내리락 가쁜 숨을 몰아쉬고 있었다.

"그 손으로 제 머리 한 번만 쓰다듬어주시겠어요?"

'이건 현실이 아니야.' 나는 뭔가에 홀린 듯 멍한 채로 그녀의 붉은 고수머리를 쓰다듬었다. 살짝 땀이 밴 머리카락이 부드럽고 촉촉했다. 하지만 그 느낌은 내게 왠지 걷잡을 수 없이 안쓰러운 마음이 들게 했다. 그리고 어느새 나의 손가락은 그녀의 머리카락 깊숙이 파고들어 결을 따라 쓸어내리고 있었다.

정말 믿을 수 없는 일이 일어난 것은 바로 그때였다. 느닷없이 그녀가 눈물을 흘리기 시작했다. 그 눈물은 순식간에 헉헉 흐느끼는 울음으로 바뀌었다. 나는 놀랐지만 울고 있는 그녀의 머리카락을 어루만지는 것을 멈출 수가 없었다. 한참 후에야 그 여학생은 마스카라가 번진 눈을 들어 나를 보았다.

"고마워요. 정말 위로가 되었어요. 다시 한 번 말하지만 그렇게 근사한 손은 처음 봐요."

그녀는 한결 맑게 갠 얼굴로 말한 뒤 다시 댄스 플로어의 인파 쪽으로 사라졌다. 나는 한동안 꼼짝도 할 수 없었다. 그리고 아무것도 부족할 것 없는 듯 보였던 그 여학생을 위로한 나의 손을 오래 들여다보았다. 그러자 아홉 살 무렵 애완용으로 기르던 모르모트가 머릿속을 스치고 지나갔다. 어느 날부턴가 먹이도 잘 먹지 않고 기운이 없던 모르모트가 걱정된 나머지, 내 손바닥 위에 올려놓고 재웠던 기억이 있다. 다음 날 아침 그가 다시 건강하게 방 안을 돌아다니기 시작했던 것이 바로 아까의 일처럼 선명하게 되살아났다.

내 손을 주의 깊게 기울여 바라본 것은 그때가 처음이었다. 크고 기다란 손이다. 어릴 때부터 몸집에 비해 손이 큰 편이었다. 그리고 늘 손바닥이 후끈후끈해서 겨울에도 장갑이 필요 없을 정도였다.

그날부터 나는 부쩍 '손의 치유 효과'에 관심을 갖기 시작했다. 힐링 세미나에 적극적으로 참석했으며, 관련 서적들을 닥치는 대로 읽어나갔다.

내 꿈의 첫 번째 프러포즈는 성공적으로 이루어졌던 셈이다. 죽이 척척 맞는 연인과 데이트를 시작한 기분이랄까? 코미디언이나 연극배우가 되겠다던 나의 꿈들에게서 지금까지 받았던 대접과는 아주 딴판이었다. 힐러가 되기에 나는(더 정확히 내 손은) 매력 만점이었던 것이다. 그 꿈은 나를 유혹했고 나 또한 그 꿈을 원했다.

아직 삶에서 원하는 것을 얻지 못했는가?

실망하지 마라. 당신이 아직 충분히 주의를 기울여 꿈을 유혹하지 않았기 때문일지 모른다. 아니면 당신이 원하는 바가 불분명하고 애매해서 정확히 무엇을 가져다주어야 하는지 몰라, 당신의 삶이 혼란스러워하고 있을 수도 있다. 아니면 세바스티앙의 경우와 같이 당신을 원하는 또 다른 꿈이 당신을 찾아 헤매고 있는 중인지도 모른다.

매력을 유지하라!

당신을 가장 빛나 보이게 하는 그 자리에서 기다려라. 그리고 그 매력을 십분 활용하여 당신 앞에 찾아온 꿈의 주인이 되길 바란다.

"당신이 간절히 원하고 기다리는 그 일은
당신을 꿈꾸고 소망하죠."

눈빛보다 얼굴보다, 네 등을 보여줘

"아름다운 등을 갖고 있다는 것은 자신감과 쾌활함을 겸비한 사람들만의 특권이죠. 등을 보지 않고 누군가를 본다는 것은 불가능합니다. 무슨 말인가 하면 사람의 자세를 결정하는 것은 90%가 척추, 즉 등이라는 겁니다.

등이 구부정하면, 아무리 아름다운 턱과 코를 갖고 있다 하더라도 주걱턱이나 들창코처럼 보이게 되죠. 아무리 늘씬하고 탄력 있는 다리라도 셀룰라이트가 뭉치고 딱딱하게 굳어 있는 등을 받치고 있노라면, 할머니의 그것처럼 안짱다리가 되거나 골반이 뒤틀린 기이한 걸음걸이를 하게 되어 있습니다. 미안한 말이지만 구부정하고 뻐딱한 자세는 그 사람의 성품까지 일그러져 보이게도 할 수 있어요. 비열한 영화 캐릭터들을 잘 살펴보면 알 수 있을 겁니다.

다른 곳은 날씬한데, 유독 배와 허리 둘레에만 살이 붙는 사람들이 있지요. 척추를 잘못 사용하고 있기 때문입니다. 우리 상체의 무게는 등뼈, 즉 척추가 지탱하도록 설계되어 있기 때문에, 등을 쭉 펴고 척추가 완만한 곡선을 그리게 되면 상체 무게의 99%가 척추에 걸리는 것을 느낄 수 있습니다. 하지만 어깨와 등이 앞으로 구부정하게 휘게 되면, 무게를 지탱하는 밸런스가 깨지면서 모든 무게를 자연스럽게 배와 옆구리가 감당하게 됩니다. 뼈가 없는 부분이기 때문에 궁여지책으로 무게를 지탱할 만한 두툼한 지방을 축적할 수밖에 없지요."

바로 그 부분에서였을 것이다. 세미나에 참석했던 사람들의 등이 일제히 쭉 펴졌던 것은. 헤엄치던 멸치 떼가 한꺼번에 방향을 바꿀 때라도 그렇게까지 일사불란한 동작을 보여주진 못했을 거다.

파브리스는 희미하게 회심의 미소를 지은 채 다시 강의를 이어갔다.

"주위에 눈에 띄게 우아하고 기품 있는 사람이 있습니까? 그가 걸을 때나 앉아서 차를 마실 때를 눈여겨보세요. 그는 틀림없이 석고상처럼 꼿꼿하게 척추를 세우고 있을 것입니다. 모델 아카데미나 차밍스쿨에서 가장 먼저 가르치는 것도 바로 척추를 펴서 세우는 법이지요. 척추가 원래의 부드러운 S자 곡선을 그리도록 주~욱 늘이기 위해 벽에 딱 밀어붙여 세우기도 하고, '정수리에 실을 매달아 위에서 잡아당기듯이' 상상하라고 요구하기도 합니다.

나는 여기에 한 가지 테크닉을 더 보태려고 합니다. 머리 위에서 끌어당기는 힘뿐만 아니라 발밑에서 잡아당기는 힘도 함께 느끼라는 것입니다. 양손으로 고무 밴드를 잡아 주~욱 늘이듯이 위아래로 몸을 잡아 늘이는 상상을 하면서, 그 느낌대로 앉고 서고 걷는 것입니다. 나는 늘 발은 좀 더 단단하게 땅에 뿌리를 내리고, 머리는 좀 더 높게 하늘에 닿게 하려고 노력합니다."

일흔이 넘은 나이에도 평행봉 선수처럼 곧게 뻗은 등과 목을 하고 세미나를 이끌고 있는 파브리스는 '뒷모습이 너무나 매혹적인' 한 여인에게 단숨에 프러포즈를 하고 결혼까지 했다는 대책 없는 로맨티스트이기도 했다.

그는 우리가 지나치게 밝은 얼굴 표정이나 따뜻한 가슴 등에 무게 중심을 둔 나머지, 그 바탕이 되는 뒷모습의 중요성을 지나치곤 한다고 개탄해 마지않았다.

"다들 '가슴을 열어요.'라고 하잖아. 나는 나를 찾아오는 사람들에게 늘 '등을 여세요.'라고 해. 활짝 열린 가슴으로는 애정이 들어올지 몰라도 활짝 열린 등으로는 자존심이 들어와. 삶에 대한 긍지, 활기 같은 것 말이야."

그는 정말로 단 한 순간도 자세를 흐트러뜨리는 법 없이 곧고 반듯하게 몸을 놀렸으므로, 그와 함께 있으면 나까지 약간 긴장을 하고 스스로의 자세를 체크하게 됐다.

"나를 찾아와서 하는 상담들이란 게 대부분 똑같아. '사는 게 시들해요, 아무것도 하고 싶지가 않고 늘 피곤해요. 허리가 아파요. 아무도 날 사랑하지 않아요……'

그 사람들에게 나도 똑같은 대답을 해줄 수밖에 없지. '일단 허리를 펴세요! 척추 하나하나를 쭈욱 늘어서 당당하게 서세요. 목뼈도 똑바로 일으켜 세우시고요, 키가 3센티미터는 더 커질 테니. 항상 이 자세를 유지하면서 2주일 동안만 지내보세요. 그러고도 문제가 남아 있다면 저를 다시 찾아오세요.'

척추가 바로 서고 자세가 당당해진 사람이 더 이상 무기력에 빠져 있거나 사랑받지 못하기란 아주 힘들지. 자세가 그만큼 중요해. 기회도, 에너지도, 사랑도 다 너의 자세를 보고 찾아드는 법이니까."

"눈에 띄게 우아하고 기품 있어 보이는 사람은
모두 척추를 제대로 사용하기 때문이에요."

그냥 너 때문에 울고 싶어

"내게서 빛이 난다고 믿으면
정말 빛이 나나 봐.
우리 어머니는 내게 바람둥이가 되라고
예언을 하신 거지."
— 못 말리는 바람둥이, 글렌 키셀코프

그 앞에 서면 압도당하는 느낌이 드는 사람이 있다. 그가 특별히 멋있다거나 나보다 높은 지위에 있는 것도 아닌데, 그를 만나면 왠지 위축되고 작아지는 느낌을 지울 수 없는 그런 사람.

십대 시절에 톰 크루즈를 직접 볼 기회가 있었다. 그때의 나는 물론 사춘기 여자아이답게 수많은 우상들을 갖고 있었지만, 왠지 그에게만큼은 그다지 호감이 가질 않았다. 그가 주연했던 '탑 건(Top Gun)' 같은 영화를 보아도 매력적이라 할 만한 점을 발견하지 못했고, 그에게 열광하는 친구들이 이상하게 느껴질 지경이었다. 하지만 실제로 그를 딱 한 번 보고 나서는 마음이 완전히 달라졌다.

해가 막 지려 하는 저녁 무렵이었는데, 그는 공기 중의 남은 모든 빛을 끌어모아 대낮 같은 후광을 거느리고 나타났다. '인기인', 즉 사람들의 기를 받는 사람의 '빛'을 나는 그때 처음 보았다.

단언컨대 무명 시절의 그는 그토록 빛을 뿜는 존재는 아니었을 것이다. 지금의 그에겐 수많은 세계인들이 맹목적인 사랑과 흠모를 보낼 것이다. 셀 수 없는 여성들이 그의 사진을 걸어두고 눈을 맞추고 키스를 할 것이다. 그 에너지들이 고스란히 그의 주위를 감싸고 있었다. 흔히들 '그가 나타나면 주위가 환해진다'고 하는 말이 단순히 심리적인 표현만은 아니라는 사실을 그때 확실히 깨달았다.

내 친구 헤이즐은 요가 공동체에서 나와 함께 요가를 배우던 뉴질랜드 아가씨다. 당시 그녀는 거의 매일같이 나를 붙잡고 하소연을 했다.

"오늘은 그가 날 보고 웃었어! 내가 주방에서 설거지를 하고 있는데, 지나가면서 그냥 싱긋 웃는 거야! 아아, 가슴이 타들어 갈 것 같아……."

그렇게 말하면서 눈물을 줄줄 흘리는 식이었다.

"그가 널 보고 웃었다면서? 좋은 일이잖아. 그런데 왜 울어?"

그렇게 말하면, 그녀의 대답은 또 늘 정해져 있다.

"그냥. 그 때문에 울어보고 싶어……."

그런데 문제는 그 때문에 가슴 아프고 싶어 하는 사람이 헤이즐만이 아니라는 사실이었다. 샤를롯도, 우마도, 후프리쉬도, 물론 나도. 나로 말할 것 같으면 일부러 그를 볼 수 없는 맨 앞줄에 서서 요가 수업을 받는 소심함까지 보였다. 자칫 의지가 박약한 내가 그에게 너무 빠지게 될까 봐. 심지어 남자인 프랭코와 타케시도 글렌이 지나가면 넋을 놓았다. 늘 평상심을 잃지 않는 우리의 스승조차, 외출을 하거나 손님이 찾아오거나 하면 어김없이 글렌을 불러 동행하거나 옆자리에 앉히는 '차별 대우'를 하셨다.

그가 그렇게 멋있었냐고? 글쎄.

실망스럽게도 그는 잘생긴 것과는 거리가 멀었다. 만약 사진으로 보았다면 콧방귀를 뀌고 말 그런 타입이었다. 러시아에서 장애인 복지사로 일하고 있다는 글렌은 깡마른 몸에 매부리코, 한쪽 눈만 쌍꺼풀이 져서 짝짝이처럼 보이는 눈을 갖고 있었다. 정신을 차리고 찬찬히 뜯어보면 그렇다는 말이다.

그런데 그게 비디오가 되면, 그러니까 글렌 키셀코프가 실제로 미소를 지으며 이쪽으로 성큼성큼 걸어 나오게 되면 이야기가 달라진다. 사진과 비디오는 그토록 다르다. 그래서 거의 대부분의 회사가 서류심사(사진) 뒤에 반드시 면접심사(비디오)를 본 뒤, 채용 여부를 결정하는 건 아닐까?

어떤 한 사람과 마주한다는 것은 그 사람을 감싸고 있는 기, 즉 자기장과 맞선다는 것을 의미한다. 흔히들 권투나 레슬링 선수들이 시합 전에 눈으로 '기 싸움'을 하는 것도 이미 눈에 보이지 않는 몸으로 부딪혀 싸우는 과정이라고 보면 된다. 그래서 누군가에게 압도당하는 느낌, 왠지 끌리는 느낌을 받는다면 그것은 나보다 에너지 레벨이 높은 사람의 자기장 속으로 빨려 들어갔기 때문이다.

글렌은 내가 만나본 사람 중 가장 강한 자기를 띠고 있었다. 남들과 똑같이 악수를 해도, 남들과 똑같은 동작을 해도, 남들과 똑같이 웃어도 글렌이 하면 특별했다. 그의 머리 위에만 조명이 비추는 듯 어딘지 멋이 있고 폼이 났다.

"어렸을 때 어머니가 늘 내게 해주시던 말씀이 있어. '애야, 너는 빛이 난단다.' 지독히도 가난했기 때문에 집에 전기가 끊어지는 때가 많았는데 그때마다 어머니는 나를 불러서 끌어안고는 말씀하셨지. '네가 있으니 집 안이 하나도 어둡지가 않구나. 너는 빛이 나는 아이니까.' 단순한 어린아이는 그렇게 몇 번이고 듣는 말은 믿어버리게 되잖아. 그래서 나는 여섯 살 무렵부터는 정말로 내가 빛을 낸다고 생각하게 됐어."

그가 들려주는 어머니의 이야기는 놀라웠다. 이웃 중 누군가가 죽거나 병이 들거나 했다는 소식이 들리면, 어머니는 어린 아들을 불러 당부했다고 한다.

"글렌, 마냐 할머니가 많이 편찮으시다는구나. 네가 가서 손을 잡고 웃어드리렴. 그러면 나으실 거야."

빛이 나는 아이였던 그는 앓고 있는 노인의 손을 잡고 마음속의 빛을 다해 웃어드렸다고 한다. 외롭고 슬픈 사람들은 그 소년의 웃음에 눈물을 흘리며 위로를 받았다. 그는 자신의 '특기'를 살려 특수교육과 장애인 복지를 공부했으며, 지금은 장애를 지니고 살아가는 사람들을 위해 빛과 에너지를 나눠주고 있다고 했다. 그리고 움직임이 불편한 사람들의 관절과 근육을 풀어주는 프로그램을 만들고 싶어서 요가를 배우러 왔다고.

멀쩡한 우리에게도 그토록 매력적인데, 위로가 절실히 필요한 약자들에게 그가 어떤 존재일지는 보지 않아도 알 수 있었다.

그것이었구나, 글렌.

그의 강한 자기력의 원천은 순진하고 확고한 자기암시와 선한 의도였다. 숨길 수 없는 체취처럼 그 빛은 몸 구석구석에서 뿜어져 나왔고, 예민한 레이더를 지닌 인간 종족들은 그 향기에 기꺼이 가슴이 아플 정도로 취해버리는 것이다.

"헤이즐이 너를 좋아해."

그녀의 하소연을 듣다 못한 내가 어느 날 그에게 말해주었다.

"나도 헤이즐 좋아해!"

단 1초도 망설이지 않고 그 '울고 싶어지는' 웃음을 지으며 글렌이 대답했다.

"그런데 말이야……. 나도 너를 좋아하거든……."

그 웃음에 박약해진 내가 바보 천치처럼 고백해버렸다.

"아, 정말이야? 나도 널 얼마나 좋아하는데!"

그때 그가 내 허리를 안아 올려 빙빙 돌지만 않았더라도, 지금 이렇게까지 가슴이 아프지는 않을 것이다.

이런 대책 없는 바람둥이 이야기를 해서 미안하다. 하지만 그를 한 번 만나보고 나면 당신도 틀림없이 마음이 바뀔 거다.

"지금 이곳이 마음에 드시나요?"

삶이 원하는 곳에
삶을 풀어놓는 것에 관하여

저는 지금 이곳에 서 있기 위해 수없이 많은 어린 날들을 학교에서 보냈고,

봄날의 들풀처럼 많은 시험을 치렀고,

아주 가끔은 여럿 가운데 나만 선택되는 행운의 순간을 누렸으며,

차마 포기하기 힘든 것들도 매몰차게 뿌리치며

아픈 발을 참고 걸어서 이곳에 왔습니다만…….

그런데 나의 삶이여,
지금 이곳이 당신 마음에 드시나요?

놀지 못하면 자유인이 아니다

"노예살이가 지긋지긋해졌다면
사슬을 끊고 나오세요.
그리고 한바탕 함께 놀아요!"
— 카포에이라 전문가, 티아고

까까머리 청년 티아고를 만난 것은 회화 클래스에서였다.

브라질에 머물던 3주 동안 나는 정수리를 녹여버릴 듯한 한낮의 열기를 잊게 해줄, 남미의 태양보다 힘이 센 무언가가 간절히 필요했다.

리우데자네이루의 호텔 아우구아에서 가장 싼 방이었던 내 방, 509호는 정오 무렵부터 프라이팬 위의 달걀처럼 달아올랐다. 호텔 방의 커튼을 모두 내리고 천장에 매달린 팬을 최대한 세게 틀어놓았지만, 더위는 내 발바닥의 모공 하나도 놓치지 않고 집요하게 파고들었다. 책을 읽을 수도, 낮잠을 잘 수도 없었다. 그저 더위를 느끼는 것 말고는 할 수 있는 일이 아무것도 없었다.

'헉헉헉…….'

마침 친구 하나가 내게 지나치듯 이야기해주었다.

"우리 아주머니가 작은 화실을 하나 갖고 있는데, 점심 무렵엔 사람들과 함께 차도 마시고 그림도 가르쳐주시거든? 낮에 할 일 없으면 너도 한번 가보지 않을래?"

아아, 두터운 암벽으로 지어진 건물의 1층에 자리 잡은 천국 같은 화실의 공기여! 에어컨이 없어도 서늘하고 쾌적했다. 수업을 시작하기도 전에 나는 친구의 아주머니에게 매달리듯 묻고 있었다.

"정말 이곳에 매일 와도 되나요? 내일도, 그다음 날도?"

아주머니는 웃으며 고개를 끄덕여주었다.

기다란 탁자에 여섯 명 정도의 아마추어 화가들이 모여 앉아 '마음속의 그림'을 그리고 있었다. 지금에서야 짐작하지만, 그분은 어른들을 위한 '미술 치료'를 해주셨던 것이 아닌가 한다.

아주머니는 사람들에게 초등학교 미술 시간에 그리곤 했던 '상상화' 같은 것을 그리게 했다. 색연필이나 물감, 아크릴 등으로 마음속의 풍경을 작은 스케치북에 그리는 수업이었다. 첫날, 나는 서늘한 가을 숲의 단풍을 그렸다. 이미 회화 실력이 상당한 수준에 오른 다른 참가자들은 살바도르 달리(Salvador Dali)의 그림처럼 알 수 없는 시간을 그리기도 했고, 간단한 정물을 그리기도 했다.

그중 유독 내 눈을 잡아끌었던 그림이 있다.

사람들이 한 손은 하늘에, 한 손은 땅에 대고 있는 그림이었다. 파스텔로 아름답게 그린 그 그림의 주인은 아직 앳되어 보이는 청년이었다. 머리를 민 지 얼마 되지 않은 듯, 손톱만큼 자라 올라온 머리카락이 애써 기른 턱수염과 함께 밤송이처럼 얼굴을 감싸고 있었다. 시간이 훨씬 지나서야 알았지만, 그의 나이는 서른둘이었다고 한다.

"카포에이라(Capoeira)를 하고 있는 사람들이야."

궁금해하는 내게 청년이 설명해주었다. '카포에이라?'

그는 매일 새벽 여섯 시에 시작되는 그의 카포에이라 수업에 나를 불러주었다. 카포에이라는 브라질 원주민들에게 전수되어 온 일종의 무예다. 수업은 그의 집 옥상에서 이루어졌는데, 참가자들 가운데는 어린아이들도 있었고 카포에이라에 관심이 있는 외국인 관광객들도 있었다.

그의 수업은 쉽고도 유연하게 흘러갔다. 기본 스텝인 '젠가'를 시작으로 흥청흥청 춤추며 노래하듯 관절과 근육을 움직인다. 치타처럼 앞발(두 손)을 먼저 옆으로 짚고 겅중 뛰어 이동하는가 하면, 힙합처럼 한 손을 짚고 돌기도 한다. 자세를 한껏 낮추고 땅에 입을 맞출 듯 납작 엎드렸다가 튀어 오르며 일어나기도 하고, 바람에 몸을 구부리는 버드나무처럼 상체를 흔들기도 한다.

모든 동작들이 그렇게 원시적인 우아함을 갖추고 있었다. 스텝 연습이 끝나고 나면 아프리카 부족들처럼 모두들 둥그렇게 원을 만들어 서서, 손뼉을 치며 입을 모아 노래를 부른다. 그러면 두 사람씩 짝을 지어 그 원 안에 들어가 노랫가락에 맞추어 흐드러진 '결전'을 벌인다. 그 둘은 속이 후련해질 때까지 한바탕 신나게 엎치락뒤치락한다. 그리고 호쾌하게 악수를 하고는 아무 일 없었다는 듯 웃으며 손뼉 치는 대열에 합류한다.

막 떠오른 햇살을 받으며 카포에이라 스텝과 턴과 킥을 하다 보면 온몸은 먼지와 흙, 땀으로 뒤덮인다. 대지의 축복, 하늘의 축복…… 흙빛으로 젖은 나의 몸은 땅과 하늘을 둘러 입고 있는 것 같았다.

"바이야, 바이야……"

티아고의 선창을 따라 손뼉을 치며 노래를 부르는 것이 좋았다. 최초의 모닥불을 피우고 동그랗게 모여 앉은 원시부족처럼, 우리는 티아고의 낡은 집 옥상에서 가장 처음 지닌 즐거움을 둘러싼 인간의 마을을 만들었다.

티아고는 카운슬러이기도 했기 때문에, 많은 사람들이 그와 이야기를 나누기 위해 찾아왔다. 그는 찾아오는 이들에게 자신의 이야기를 들려준다고 한다.

"내가 가진 이야기, 들려줄 수 있는 말은 이것밖에 없어요. 카포에이라가 무엇인지 아시나요? 한번 해보시지 않겠어요?"

티아고가 그의 고객들에게 들려주는 이야기는 이렇다.

카포에이라는 곧 '자유'를 의미한다.

맨 처음 카포에이라를 만든 이들은 브라질에서 노예생활을 하던 아프리카 흑인들이었다. 자연 속에서 신의 아이들처럼 살던 이들이 잡혀와 사슬에 묶이게 되었던 것이다. 흑인들은 생전 처음 경험한 억압과 강제에서 스스로를 해방시키기 위해 이 독특한 몸의 축제를 만들어냈다. 그들은 무기를 지닐 수도 없었고 악기를 만들 자유도 없었기 때문에, 그들이 가진 유일한 재산인 몸을 사용해 '놀았다'.

카포에이라를 하는 동안에는 '걱정'이란 걸 할 수가 없다. 괴로웠던 어제도, 불안한 내일도 스며들 틈이 없다. 순간순간 깨어서 오로지 휙휙 움직이거나 피하거나, 공중제비를 넘어야 한다. 생각을 하는 순간, 동물적 본능으로 움직이는 상대에게 한 방 얻어맞고 말 테니까. 노예들은 그 순간 속에서 해방을 맛보았다. 자연이라는 본능 속에서 움직이는 인간의 권리를 되찾았다. 노예생활의 공포, 두려움, 분노를 잊었다……

아이들처럼 두려움 없는 상태로 돌아가는 것이다. 아이들은 하루 종일 '논다'. 카포에이라를 하는 것도 '논다(Play)'고 한다. 카포에이라는 '추는(Dance)' 것도 아니고 '싸우는(Fight)' 것도 아니다. 그저 노는 것이다.

한판 흐드러지게 놀기. 사람들은 가끔 카포에이라를 오해한다. 리듬에 맞춰 몸을 움직이기 때문에 춤이라 부르기도 하고, 공격하고 피하는 동작들 때문에 무술이라 부르기도 한다. 어느 쪽으로 불러도 상관은 없다. 춤을 추든 결투를 하든, 마음이 놀고 있으면 그만이다.

밧줄에 묶여 끌려간 적은 없지만, 나 또한 노예나 다름없었다.

나는 학교에 들어가기 전 어린 시절을 할머니 댁에서 보냈다. 할머니는 농부였는데, 달리 나를 돌봐줄 사람이 없었기 때문에 늘 나를 데리고 밭에 나가셨다. 어린 나는 기름진 붉은 흙 위에서 뒹굴며 놀았다. 그 흙 속에서 무가 싹을 틔우는 것을 보았으며, 배추 속잎이 노랗게 익어가는 것을 보았다. 혼자 흙을 만지고 구름을 보고 놀고 있으면 종일 심심하지도, 외롭지도 않았다. 한 손은 엄마에게, 한 손은 아빠에게 잡힌 채 달랑달랑 매달려 나들이 가는 아이처럼 행복했다.

학교에 들어갈 나이가 되자 부모님은 나를 데리러 오셨다. 상파울루에 있는 학교에 들어갔고, 나는 꽤 공부를 잘했으므로 대학에도 진학했다. 전공은 부모님의 바람대로 경영학을 선택했다. 나의 노예생활이 시작된 것은 그때부터였다.

진정으로 자신이 원하는 삶을 사는 가장 첫 번째 단계는 '원치 않는 것'이 무엇인지 알아내는 일이다. 자신이 싫어하는 것을 삶에서 내보내고 나서야, 비로소 원하는 것을 들여놓을 수 있는 공간이 생긴다. 거실 한가운데에 자리만 차지하고 있는 낡은 소파를 과감하게 없애야, 춤출 수 있는 공간이 생기는 것처럼.

경영학 공부와 짧은 회사생활은 내가 원치 않는 것이 무엇인지 확실하게 보여주었다. 나는 수제품 정장을 입고 넥타이를 매고, 행복한 듯 웃으며 사람들과 악수했다. 매일 저녁마다 약속이 있었다. 그럴듯한 바에서 럼주를 마시며 사업 이야기를 하고 있으면, 매력적인 눈웃음을 지으며 다가오는 아가씨들도 있었다. 누구나 그렇듯이 그 생활 속에 푹 빠져 있으면 자기가 정말 그것을 좋아하는지 아닌지에 관해 무감각해져버린다. 나는 누가 보아도 부러워할 만한 회사에서 일하고 있었다. 행복하진 않았지만 그럭저럭 견딜 만했다. 즐거움 없이도 쾌락적일 수 있는 인생의 덫에 걸려버린 것이다.

그런데 느닷없는 상실감은 어느 아침에 엄습해왔다. 문득 정신을 차리고 보니 엄마 손을 놓쳐버린 아이 같은 심정이었다. 어린 시절 나를 감싸고 있던 충만한 행복감의 구름이 온데간데없이 걷혀버리고, 나는 맨몸으로 헤매고 있었다.

혹시 당신도 노예가 아닌가?

밧줄에 매여 있어야만 노예가 아니다. 하고 싶지 않은 일, 원치 않는 일에 매여 있는 사람들이 바로 노예다. 현대사회의 신종 노예들이 카포에이라 속에서 손목, 발목에 매인 사슬을 끊는다. 그래서 카포에이라를 만나고 나면 사람들은 바뀐다. 노예에서 자유인이 되는 것이다. 그들은 음악과 예술을 즐기기 시작하고 여행을 떠나고 더 많이 웃는다. 그들이 뿌리내리고 있던 생활을 접는다는 뜻이 아니다. 다만 플루트를 연주하는 회계사가 되고, 저녁노을을 그리는 주부가 되고, 사람들과 깊이 포옹할 줄 아는 신부가 된다는 뜻이다.

세상 어떤 언어로도 번역하기 힘든 브라질 사람들만의 독특한 단어가 하나 있다.

바로 '말란드로(Malandro)'라는 단어다. 사람을 표현할 때 사용하는 말인데, 뜨거운 고무처럼 유연해서 언제 어디에나 적응하고, 무엇이나 할 수 있고, 무엇으로도 변할 수 있는 사람을 그렇게 부른다. 사기꾼, 광대, 떠돌이 등……. 엄숙한 질서를 좋아하는 사람들에게는 퍽 나쁜 의미로도 쓰인다.

카포에이라는 이 말란드로들의 놀이라고, 티아고가 내게 가르쳐주었다.

말란드로들은 아무것도 걱정하지 않는다. 무엇도 두려워하지 않는다. 주먹이 들어오면 땅에 납작 엎드려 피하면 그만이고, 돌려 차면 커다랗게 공중제비를 돌며 웃으면 그만이다. 그들은 마술사다. 정해진 틀 바깥에 있는 사람들이기에, 무엇이 다가오더라도 그것과 이가 맞도록 모습을 바꾸어 편안하게 그것과 동거한다. 때문에 말란드로를 두려움에 떨게 하거나 모욕하는 것은 불가능하다.

아아, 나도 말란드로가 되고 싶다.

삶은 기다리고, 기다리고, 기다린다

"지금 뭘 하고 있어요?
당신의 인생이
당신을 기다리고 있단 말이에요!"
— 동기부여 전문가, 패트릭

내 삶의 필름을 끝까지 모조리 봐버린 요정이 있어서, 때때로 내 어깨를 톡톡 치면서 알려준다면 얼마나 좋을까.

"걱정하지 마, 그 시험엔 떨어지는 편이 나았어. 3년 후면 너도 알게 될 거야."

"그 남자 아니면 사랑할 수 없을 것 같지? 기다려. 내년 봄에 진짜 사랑을 만나게 되니까."

"내일 당장 벚꽃 놀이를 다녀와. 그게 네 삶에서 피는 마지막 벚꽃이 될 거야."

그러면 쓸데없이 울고불고 수선을 피우느라고 삶을 낭비하지도 않았을 테고, 정작 중요한 장면을 놓치지도 않았을 텐데. 그런데 난 몰랐어, 몰랐다고! 모든 건 지나간 후에야 알게 되니, 이렇게 불공평할 수가.

패트릭은 요정이라기엔 덩치가 컸다.

하지만 그는 '미리 알았더라면 좋았을 사실'들을 사람들에게 말해주는 일을 하고 있었다. 미리 말해두지만, 그는 점쟁이가 아니다. 하지만 그의 이야기를 들은 이들은 '패트릭을 더 늦기 전에 만난 것이 더할 수 없는 행운'이라고 입을 모았다.

여기, 그의 짧은 메시지를 전하려 한다. 당신에게도 행운이 함께하기를!

고등학교를 졸업한 뒤 한동안 카지노에서 일한 적이 있었다.

가족 단위 관광지에 구색 맞추기로 딸려 있는 작은 카지노였다. 그래서 사람들은 낮 동안에 실컷 가이드를 따라 여행을 한 다음, 저녁 무렵에야 돌아와 식사를 하고는 내가 일하고 있는 카지노에 모여서 룰렛을 하거나 블랙잭을 하며 시간을 보냈다. 카지노에 오는 사람들은 대부분 노부부들이었다. 아이가 딸린 젊은 부부들은 일찌감치 아이들을 재워야 했기 때문에 카지노에 오기 힘들었던 게다.

나는 그곳에서 카드용 테이블을 닦거나, 재떨이를 비우는 잡일을 하고 있었다. 하지만 한창 붐비는 휴가철에는 으레 한 가지 일이 덧붙여지곤 했다.

바로 '알람 맨(Alarm Man)' 역할이었다. 사람들, 특히 남자들은 아무리 시시한 도박이라도 일단 한번 빠져들면 좀처럼 정신을 차리지 못한다. 바에서 칵테일을 마시며 인내심 있게 기다리던 부인들이 더는 참지 못할 지경에 이르렀을 때, 내게 조용히 부탁해오는 것이다.

"저기 구레나룻을 기른 남자한테 말 좀 전해줘요. 앞으로 10분 안에 여길 떠나지 않으면 내가 도망가버린다고!"

부인들에게서 팁까지 받아든 나는 그 말을 전할 수밖에 없다. 그런데, 그건 꽤 진땀 나는 일거리였다.

도박 게임에 빠져든 사람의 얼굴을 본 적이 있는가? 누가 옆에서 툭 치기라도 하면, 금방이라도 송곳니를 박을 준비가 된 사냥개와 같이 눈빛이 번들거린다. 그래서 나는 늘 상대방과 적당한 거리를 두고, 되도록 사무적인 목소리로 말을 전하곤 했다.

"저어……, 부인께서 기다리고 계십니다(Excuse me, Your wife is Waiting)."

그럴 때 남자들의 반응은 대부분 똑같다. 이쪽으로는 눈길도 한번 주지 않은 채 '응, 응. 이번 판만 끝나면 곧 간다고 그래.' 하고는 손사래를 치는 것이다.

"저어……, 이번 판만 끝나면 가신다는군요."

나는 스스로도 참 믿을 수 없는 대답을 들고 와 노부인들에게 전해야만 했고, 그때쯤 되면 부인들은 체념한 듯 자리를 털고 일어났다.

도박판에 코를 박고 있는 그 남자들은 부인에게 저녁식사가 끝나면 로맨틱한 분위기에서 함께 칵테일을 마시고, 별이 보이는 시골길을 따라 걷자고 약속했을 것이다. 구슬 박힌 핸드백을 손에 들고 어깨를 축 늘어뜨리고 걸어나가던 부인들의 뒷모습. 그녀들은 아마도 '한 게임만 더'가 무엇을 의미하는지 알고 있었기에 떠났을 것이다. 저러다가 로맨틱한 휴가지에서의 마지막 밤이 다 흘러가버리고 동이 터온다는 것을.

그 이후 시간이 흘러 나는 많은 사람들과 이야기할 수 있는 기회를 갖게 되었다. '동기부여 전문가'라는 이름으로 불리며 강연도 하고 있지만, 실제로 하는 일은 애송이 시절 카지노에서 하던 아르바이트와 크게 달라진 것이 없다.

다만 지금은 '생활 도박'에 코를 박고 있는 사람들에게 다가가 이렇게 속삭일 뿐이다.

"저어…, 당신의 삶이 당신을 기다리고 있습니다(Excuse me, Your life is Waiting)."

물론 아직도 대부분의 사람들은 '이번 판만 끝나면'이라고 손사래를 치며, 가슴 뛰는 삶을 저 한구석으로 미뤄두고 있지만 말이다. '이번 판만 끝나면'의 버전은 다양하다. '이 프로젝트만 끝나면', '연금을 받을 나이가 되면', '자동차 할부금만 갚으면', '아이가 대학만 졸업하면'…….

삶은 우리를 기다리고, 기다리고, 기다린다. 구슬 백을 만지 작거리며.

　부디 당신이 삶에게 했던 근사한 약속들을 지키기를. 이 멋 진 밤이 다 흘러가버리기 전에.

그곳에 너를 오래 놓아두지 마

"지금 가고 싶은 곳이 있니?
그럼 빨리 너를 그곳으로 데려가.
마음에 안 드는 곳에 너를 오래 놓아두지 마."
— 시타르 연주자, 크리슈나

나는 시간이 시간의 것이길 바란다. 계좌를 섞지 않은 쿨한 부부처럼, 시간은 나를 바라보고 나는 시간을 바라볼 수 있어야 한다고 생각한다.

그래서 버스를 타거나 비행기를 타는 시간을 좋아한다. 무언가의 표를 사느라 길게 늘어서 기다리는 시간도 좋아한다. 특히 싼 비행기 티켓을 사면 예닐곱 시간씩 환승 공항에서 기다려야 하는 텅 빈 시간들을 좋아한다.

전화할 이도, 울릴 초인종도, 지켜야 할 약속도, 내가 무엇을 하는 이인지 아는 사람도 없는 곳에서 '이동 중'이라는 떳떳한 신분증을 가슴에 달고 흥청망청 널찍한 시간 속을 서성댈 수 있는 기회가 난 아주 기쁘다. 아직 가구를 들여놓지 않은 새집에 신발을 신은 채 들어가 노는 기분이랄까? 양팔을 활짝 펴고 숨 쉬는 천장, 아직 한구석도 깨어지지 않은 네모반듯한 공기. 벽은 벽인 채, 바닥은 바닥인 채 아무것도 지고 이지 않은, 철들지 않은 집.

도쿄에서 인도 첸나이로 가는 스리랑카 에어라인은 최초로 그런 시간다운 시간을 내게 선물해주었다. 별 할 일이 없는, 콜롬보 공항에서의 환승 대기. 통째로 구운 생선처럼 그 '일곱 시간'이 내 앞에 툭 떨어졌을 때, 초보인 나는 당황해서 조금 헤맸다.

'자, 어쩔 셈이야?'

팔짱을 끼고 나를 바라보는 덩치 큰 시간을 데리고, 어디서 무엇을 해야 하나?

그 시간 속에 누워 있던 이가 크리슈나였다.

그도 나와 똑같은 덩치의 시간을 거느린 채, 정말로 공항 바닥의 카펫 위에 누워 있었다. 그런데 그때 그가 베고 있는 것이 내 호기심을 자극했다.

목이 아주 긴 호리병 같은 것을 베개 삼아 베고 누워, 리듬을 타듯 발목을 흔들고 있었던 것이다. 그의 몸도 아주 길쭉했다. 팔도, 다리도, 얼굴도 잡아 늘인 듯 길쭉한 것이 그의 베개와 꼭 닮았다. 그는 자고 있던 것이 아님은 분명했다. 눈을 뜨고 천장을 바라보면서 흥얼흥얼, 마음속의 콘서트를 즐기고 있는 듯한 표정.

내 시선을 눈치 챘는지 그가 내 쪽으로 고개를 돌린다. 커다란 짐 곁에 달싹 붙어 불편하게 쪼그리고 앉아 있던 나는 살짝 놀란다.

'사람을 그렇게 뚫어지게 바라보는 버릇, 이젠 좀 고쳐. 실례잖아.'

스스로 미리 꾸짖고 있는데, 그가 뜻밖의 말을 꺼낸다.

"너도 인도에 가니?"

"응……."

"그럼 이리 와서 누워, 일곱 시간이나 남았잖아."

"뭐?"

"어서! 보다시피 길이가 넉넉해서 이건 여섯 명이 베고 누워도 끄떡없어."

하긴 그래 보였다. 흠…, 그래도 그렇지. 나는 그의 곁에 눕는 대신 짐을 끌고 와 그의 머리맡에 앉아, 아까부터 궁금했던 것을 물어보기로 했다.

"뭘 베고 누워 있는 거야?"

"내 악기야."

그는 웃으며 누운 채로 악기의 커버를 조금 벗겨 보여준다. 정말로 바이올린 같은 현들이 가지런히 묶여 있다.

첸나이에서 그의 연주를 들을 수 있었다. 아직 초보라며 쑥스러워하는 그의 말과는 달리 악기는 훌륭한 소리를 냈다. 그 악기의 이름은 인도 현악기인 시타르(Sitar)라고 했다. 네덜란드 출신의 크리슈나는 어릴 때부터 피아니스트였다고 한다.

"아버지도 피아니스트였지. 나도 피아노가 좋았어. 어릴 때는 보통 부모가 좋아하는 것을 좋아하게 되니까. 하지만 마음이 조금씩 자라면서 자기 목소리를 내게 되면 달라져."

그는 여섯 살 무렵부터 '절대 음감'으로 주위를 놀라게 했다고 한다. 악보를 보지 않고도 귀로만 듣고 그 음을 정확하게 알아맞힐 수 있다는 음악 신동들의 특기. 그 신이 내린 청력으로 열아홉 살의 크리슈나는 마음이 내는 소리를 듣기 시작했다.

"그냥 무작정 걷고 싶은 거야. 스포츠를 하고 싶다거나 춤을 추고 싶다거나 하는 게 아니라 그냥 걷는 거. 그걸 하고 싶더라고."

그래서 그는 두 달이고 석 달이고 걷는 '스페인 산티아고 성지순례'에 오른다. 거의 한 푼 없이 떠난 길이었으므로, 여정 곳곳에 있는 게스트하우스인 브롤린에서 며칠 동안 설거지나 청소를 해주면서 공짜로 숙식을 해결했다고 한다.

"그 길 위에서 한 기타리스트를 만났지. 폴란드인이었는데 그에게서 처음 '시타르'라는 이름을 들었어. 그는 지금 기타를 쳐서 돈을 벌고는 있지만 언젠가 인도에 가서 시타르를 연주하고 싶다고 했어. 기타 소리가 마음을 다독인다면, 시타르의 소리는 영혼을 후벼 판다면서."

영혼을 후벼 판다는 '시타르'라는 단어는 크리슈나의 절대 음감을 여지없이 울렸고, 그는 연주회 일정도 취소하고 두 달간 이삿짐센터에서 짐을 날랐다.

"제일 빠르게 비행기표 값을 벌 수 있는 방법을 찾은 거지. 우스운 이야기지만 피아노 들어 나르는 게 제일 힘들더라, 하하하……."

어쨌든 그렇게 시타르를 며칠간 맛본 그의 마음은 하루라도 빨리 그 멋진 악기와 함께 더 오래 지낼 수 있는 곳으로 가자고 발을 동동 굴렀다. 그래서 다시 일곱 달 동안 낮에는 이삿짐을 나르고 밤에는 칵테일바에서 일했다고 했다. 휴일엔 주유소에서 차를 닦고. 그렇게 좀 오래 인도에 머물면서 시타르를 배울 수 있는 레슨비가 모이자 드디어 '그곳'으로 가는 길목에서 나를 만난 거였다.

그는 스스로를 거리낌 없이 '천재'라고 불렀다.

"나는 마음대로 하는 데 천재야. 뇌가 말랑말랑하고 마음도 말랑말랑하거든! 뭐든지 원하는 게 있으면 날 그쪽으로 데려가지. 좀 고생스럽더라도 난 반드시 그곳에 있어."

아아, 정말 좋겠다. 나는 진심으로 이 용감한 천재를 위해 박수를 쳤다. 너와 친구가 되다니, 이런 영광이! 그는 아예 자신의 이름도 인도의 신 이름인 크리슈나로 바꾸고, 끝끝내 그 전 이름은 가르쳐주지 않았다. 잊어버렸다나? 이 정도면 건망증도 가히 천재 수준이다. 원하는 것이 아니면 설령 이름이라 할지라도 재빨리 잊어버리고 모든 에너지를 '그곳'으로 가는 데 집중하는 걸까.

"세라, 가고 싶은 곳이 있어? 빨리 너를 그곳으로 데려가! 마음에 안 드는 곳에 너를 오래 놓아두지 마."

평범한 인간인 나는 그와 같은 절대 음감을 갖고 태어나지 못했다. 그래서 천재가 이렇게 재촉할 때마다 황급히 내가 나를 놓아둔 곳을 살펴야 했다. '내가 나를 아무데나 방치하지 않도록', '사소한 불행에 익숙해지지 않도록', '삶이란 이런 거려니 체념하지 않도록' …….

"저랑 한 곡 추실래요?"

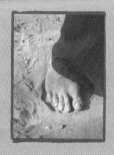

사랑해서 노래하고
기뻐서 춤추는 것에 관하여

당신만큼 신비롭고 아름다운 피조물은 본 적이 없습니다.

당신은 자유롭고, 상냥하고, 사려 깊기까지 합니다.

그런 당신이 제게 사랑을 고백해오다니 가슴이 터질 듯하군요.

제 숨결이 아직 싱싱할 때 나의 삶이여,

제가 춤을 한 곡 청해도 되겠습니까?

물이 스며드는 핑크빛 스펀지처럼, 나는

"Sekeide Hitozu Dakeno Hana
(세상에 단 한 송이 피는 꽃), 나!"
— 댄스 테라피스트, 미첼

"아니, 지금은 별로 안 예쁘잖아! 한바탕 공연이 끝난 후의 내 얼굴을 찍어줘요."

함께 가볍게 점심식사를 마친 후 이야기를 나누다가 내가 카메라를 꺼내 들자, 미첼은 웃으며 손사래를 쳤다. 하지만 그녀는 절대로 예뻤다. 나는 질투가 심한 편이라 다른 여성에게 '예쁘다'는 표현은 되도록 쓰고 싶어 하지 않는다. 대신 '우아하다'거나 '아름답다'거나 '분위기가 좋다'거나 하는 애매한 표현으로 스스로의 질투심과 타협하곤 한다. 그런데 그녀에게만은 다른 말을 갖다 붙일 수 없었다. 말 그대로 '예뻤다'.

나는 미첼처럼 나이 들고 싶다. 내가 쉰세 살이 되어서도 내 앞에 핀 이 여인처럼 보들보들하고 반짝반짝하고 말랑말랑할 수만 있다면, 난 내 영혼이라도 웃으며 팔아치우리라.

"공연을 마친 직후나 댄스 세션이 끝난 뒤의 내 얼굴이 훨씬 그럴듯해. 뭐랄까, 피부 깊숙이 숨겨져 있던 물이 마구 흔들어 대니까 표면으로 몽땅 배어 나와 피부에 윤이 난달까? 잔주름도 훨씬 덜 보이고 눈동자도, 입술도 거짓말처럼 촉촉해져 있지. 사람들이 그때의 내 모습만 좀 보아주었으면 좋겠어, 하하하……."

지금은 그다지 '물 좋은' 상태가 아니니 공연 후에 찍어달라는 귀여운 부탁이었다. 나는 기어이 그대로도 예쁜 그녀의 사진을 몇 장 찍고야 말았지만.

"우리는 물주머니올시다."

미첼은 춤을 추고 난 후 예뻐지는 메커니즘을 그렇게 설명했다. 사람의 몸이란 물을 감싼 민감한 주머니일 뿐이라고.

일본의 대학에서 문학을 전공하던 스무 살 무렵, 미첼은 우연히 '아리아 도네'라는 댄스그룹의 부토 댄스(1959년 일본 무용가

히즈카타 타즈미에 의해 만들어진 춤의 일종) 공연을 보게 되었다. 그때까지 그녀는 학생운동에 열을 올리던 '의식 있는' 청년 학도였다. 춤을 춰본 적은커녕 디스코텍 한 번 가본 적도 없던 미첼이, 그 한 번의 공연으로 남은 인생을 춤꾼으로 살아갈 것을 결심한다. 그 길로 부토 댄스에 모든 것을 바치게 되었고, 결국 '아리아 도네'를 이끌던 프랑스인의 눈에 띄어 단원이 된다.

"유럽 각지를 돌며 공연하던 1978년에 무용단이 도산해버렸어요. 우스운 이야기지만 그 당시엔 일본으로 돌아갈 수도 없었어요. 자존심이지요. 선배, 후배, 가족들 할 것 없이 전부 공항까지 나와 저의 유럽행을 축하해주었거든요. 어쨌든 유럽에서 살아남기로 작정하고 카바레에서 춤을 추는 일도 마다하지 않았지요."

하지만 명색이 세계적인 무용단 단원이었던 미첼의 '카바레 입성기'도 만만치만은 않았다. 파리의 한 극장식 레스토랑의 매니저는 그녀의 춤이 '너무 그로테스크하다'는 이유로 하루 만에 해고해버리기도 했다. 그도 그럴 것이 타조 깃털을 달고 추는 캉캉 춤에만 익숙해져 있던 그들에게, 일본의 표현주의 춤이 낯설 수밖에.

한동안 일자리를 얻지 못하고 헤매고 있던 미첼에게, 정작 그녀를 해고했던 '마틴'이라는 매니저가 제안을 한다. 파리 외곽에 작은 공연용 극장을 하나 갖고 있는데 그곳에서 한번 춤을 춰보지 않겠느냐고.

"백 석 정도의 객석을 겨우 갖춘 정말 작은 스튜디오 같은 곳이었어요. 하지만 저는 내 춤을 다시 보여줄 수 있다는 것이 너무 기뻐서 잠이 오지 않았지요."

공연 첫날, 열 명의 관객이 들었다. 그나마 공연 관계자들과 그 매니저의 가족들이 전부였다. 그 이튿날은 그들이 데리고 온 친구들로 서른 명, 그다음 날은 예순 명……. 결국 공연 시작 2주 만에 극장은 표를 사서 들어온 유료 관객들로 꽉 들어찼고, 혁신적인 동양인의 춤을 보기 위해 사람들은 줄을 서서 표를 예매했다.

〈르 몽드〉지가 미첼의 춤을 격찬하기에 이르자 파리 중심부의 대형극장에서 앞다투어 그녀를 초청했고, 그녀는 비로소 일본으로 돌아갈 수 있었다.

"일본에서 함께 춤추던 친구들과 의상, 조명 담당자들을 모아서 열다섯 명 정도의 그룹을 만들었어요. 그들과 함께 파리로 돌아가 두 달 정도 공연을 했지요."

30년이 지난 지금, 미쳴은 독일 정부가 지원하는 예술인 거주 마을 '브롤린'이라는 곳에 머물면서 1년 중 대부분의 시간을 핀란드, 이집트, 프랑스, 네덜란드 등지에서 '무용을 통한 치유' 프로그램을 열며 보낸다.

"댄스의 매력은 바로 이런 거예요. 내가 다른 사람이 되거든. 아니야, 다른 사람 흉내를 내던 내가 진짜배기 내가 되거든. 아, 이렇게 말해야 맞겠다, 기억을 모조리 잊어버린 기억상실증 환자가, 아주 잠깐 모든 기억을 되찾은 순간처럼 반짝 불이 들어오거든!"

독일 베를린과 프랑스 파리에서 '춤추게 하는 미쳴'로 사랑받고 있는 무용가이자 무용 치료사인 유미코 요시오카(Yumiko Yoshioka)는 숨도 쉬지 않고 단숨에 말했다.

다른 나, 진짜배기 나, 기억을 회복한 나…… 그 세 사람의 이름이 모두 낯선 나는, 하나하나 그녀의 입으로 설명을 들을 수밖에 없었다.

"부토 댄스란 무용이라기보다는 행위예술에 가깝지요. 처음에 부토 댄스가 만들어진 이유도, 발레나 현대무용은 동양인의 몸으로 만들어진 춤이 아니기 때문이었어요. 그것들은 틀이 딱딱 잡혀 있고, 긴 다리와 팔을 가진 서양인들의 몸에 맞는 춤이지요. 반면 동양인들은 작고 섬세하고 철학적이에요. 그래서 틀이 잡힌 춤보다 좀 더 자연에 가까운, 몸으로 생각하고 몸으로 느끼는 춤을 만들어내게 된 겁니다."

부토 댄스에 치유 효과가 있는 이유도 그와 같을 것이다. 행위를 지켜보고 그 행위 속에서 지금 자신의 존재를 꽃피우는 것. 나는 유럽에서 정말 많은 부토 댄서들을 만났다. 프랑스인, 독일인, 영국인, 이탈리아인……. 그들은 인도의 요가나 명상을 배우듯 이 동양철학적인 춤을 추고, 배우고 있었다. 정작 미첼은 놀랍게도 내가 만난 최초의 일본인 부토 댄서였다.

"아무리 큰 공연이라도 의식을 갖고 움직이는 것은 춤을 시작할 때뿐이에요. 춤을 추기 전에 나는 항상 기도하지요. 나의 손을 잡아달라고. 춤이 무르익으면 춤이 춤을 끌고 가는 것이 느껴져요. 그냥 추어지는 거예요. 우주의 커다란 힘이 내 안에

갇혀 있던 작은 힘과 손잡고, 내가 모르는 어딘가로 데려가는 느낌. 정말 짜릿한 해방감이 있어요. 그걸 한 번 맛보고 나면 사람들은 완전히 달라져요. 스스로를 훨씬 더 사랑하게 되고 스스로에 대한 경외감을 갖게 되지요. 자신이 얼마나 아름다운 꽃인지를 알게 되니까요. 우리는 모두 신의 정원에 핀 꽃들이에요."

미첼이 전해주는 만발한 꽃 이야기를 들으면서, 나는 마음속으로 일본그룹 스맵(SMAP)의 히트곡 'Sekeide Hitozu Dakeno Hana'를 흥얼거리고 있었다.

So-Sa Bokuramo Sekeini Hitozu Dakeno Hana
그래, 우리들은 세상에 단 한 송이뿐인 꽃.
Hitori Hitori Chigau Taneo Mozu
하나하나 다른 씨앗을 품고 있지.
Sono Hanao Sakakeru Kotodakeni Itsho Kenmeni Nareba Yi Yi
그 꽃을 피우는 것에만 열중하면 돼.
Chisei Hanaya Okina Hana, Hotozushite Onasimonowa Neikara
작은 꽃, 큰 꽃, 단 한 송이도 같은 것은 없지.
No. 1 Ni Naranakudemo Yi Yi Motomoto Tokubezuna Only One
넘버원이 되지 않아도 좋아. 우리는 원래부터 온리원이니까.

"자기를 꽃피우고 그 꽃을 위해 끊임없이 물을 퍼 올려야 해요. 물은 속성상 자꾸 밑으로 가라앉거든요. 자꾸 깊숙이 들어가버리고요. 아기들의 뺨을 보세요, 정말 살짝만 눌러도 금세 물이 배어 나올 듯한 핑크빛 스펀지 같죠! 하지만 나이가 들수록 표면의 물을 잃어가는 거예요. 메마르고 버석버석하게……. 그리고 아름다웠던 기억들, 감각들, 생생했던 느낌들도 켜켜이 앙금처럼 가라앉아버리죠. 사라지는 것은 아니에요. 그래서 한번씩 흔들어서 되살리고 다시 느껴보는 것이 필요해요."

미첼은 내게 물주머니를 흔드는 법을 가르쳐주었다.

그저 맨발로 편안하게 선다. 무릎의 힘을 빼고 느슨하게, 어깨도 척추도 빨랫줄에 걸린 빨래처럼 축 늘어뜨린다. 그리고 머리에 힘을 뺀다. 이 부분이 가장 어렵다. 대부분의 사람들이 온몸을 연체동물처럼 흔드는 순간에도 고개만은 빳빳하게, 마지막 남은 자존심인 듯 치켜세우고 있는 것을 본다. 이마와 뺨, 목, 그 둘레의 근육까지 완전히 조임쇠를 풀고 건들건들 움직이도록 한다. 모든 관절과 힘줄이 헐렁해졌으면 조금씩 무릎에 반동을 주어 몸을 출렁이게 한다. 출렁출렁…….

열 손가락 끝의 체액까지 출렁이도록 점점 격렬하게 반동을 준다. 반동이 커지고 흥이 돋으면 몸이 마사이족 전사처럼 뛰어오르기 시작할 것이다. 그건 누가 시켜서 하는 게 아니다. 자연히 그렇게 되니, 놀라지도 말고 멈추지도 말고 몸이 하자는 대로 내버려둬라.

"당신은 도요타 자동차를 몰고 다니는 서른세 살의 샐러리맨이 아니에요. 그냥 물풍선일 뿐이죠. 하늘에서 떨어진 물풍선, 땅에서 솟아난 물풍선……. 풍선은 생각하지 않아요. 그저 품고 있는 물을 느낄 뿐."

미첼은 스스로도 흔들흔들 출렁출렁하면서 세션 참가자들에게 이야기했다. 어느덧 배어나온 물기에 피부를 반드르르하게 감싼 채. 정말 단순하고 별것 아닌데 몸이 반응했다.

"이 '물주머니 흔들기'는 판도라의 상자를 여는 것과 같아요. 모든 것이 다 쏟아져 나오죠. 폭력도, 연민도, 후회도, 열망도, 원망도……. 너무 오래도록 가라앉아 있었기 때문에 한 번도 본 적 없던 어떤 감정이 뛰쳐나올 때도 있어요. '아, 내가 이렇게 살았구나, 이렇게 느꼈구나.' 하고 바라보면 돼요. 저도 처음 이 방법으로 스스로를 치유할 때 뜻밖에도 질투와 의심이 가장 먼저 나와서 깜짝 놀랐어요. 저는 그때까지 스스로 질투할 줄 모르는 사람이라고 생각했었거든요. 그런데 그게 질투가 없었던 게 아니라 단지 가라앉아 있었을 뿐이었어요."

그 이야기를 듣고 나니 나는 마음이 한결 편안해졌다. 나의 몸을 흔들어 깨우자 제일 먼저 튀쳐나온 것은 실망스럽게도 집착이었기 때문이었다.

"그냥 잠깐 눈을 감고 몸을 몇 번 출렁출렁 흔들었을 뿐인데 벌써 눈물을 흘리는 사람들도 많이 있어요. 한 번도 그렇게 해본 적이 없는 거예요. 자기 자신을 몸으로, 물로 느껴본 적이 없는 거지요. 아까 기억을 되찾은 기억상실증 환자 이야기 기억해요? 짧게는 한 시간, 길게는 서너 시간씩 몸을 흔들고 구르고 뛰어오르고 나면 얼굴이 완전히 바뀌지요. 드라마에서 흔히 보듯, 사고로 기억상실증에 걸려 시골에서 촌부로 지내던 재벌집 아들이, 기억이 돌아오는 순간 갑자기 귀티 흐르는 미남의 얼굴로 바뀌는 것을 생각하면 돼요. 내 속에 가라앉아 있던 원래의 고귀함과 순수가 피부 바깥으로 스며 나오는 거죠. 모두가 볼 수 있게."

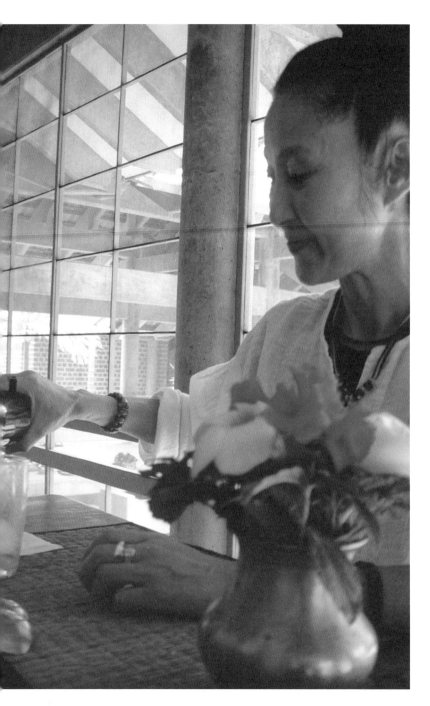

유연하게, 리드미컬하게, 내 인생과 화해하기

"화해하세요,
망설이지 말고 화해하세요"
— 타이치 힐러, 필립

필립의 움직임은 정말 예술이었다.

저는 흐르듯 유연하다(Fluidity)는 말을 아주 좋아합니다. 그 것은 다투지 않는 것이거든요. 화해하기, 돌아가기. 타이치(태 극권)나 기공, 마음의 평화와 몸의 조화를 위한 어떤 운동이든 지 그 목표는 '화해'라고 생각해요.

우리가 평화로움을 느끼거나 사랑에 빠질 때 기분 좋은 물 위를 떠가는 듯한 느낌이 드는 것은 바로 자신과의 화해가 이루어졌다는 의미지요. 해가 뜨고 해가 지고 파도가 밀려오고 밀려가고 우리는 숨을 들이쉬고 내쉽니다. 큰 리듬 속에 작은 리듬이, 그 작은 리듬 속에 또 리듬이 있어요. 그 리듬을 타고 있을 때 모든 것이 순조롭다는 느낌이 듭니다. '쿵짝 쿵짝……'. 그 순간 우리는 우주의 큰 리듬에 연결되어 있고 서로가 사이 좋게 박자를 맞춰 움직이고 있는 것이지요.

그 리듬이 엇갈렸을 때의 상태를 '스트레스'라고 부릅니다. 스트레스는 우리를 조화로운 리듬으로부터 떼어놓고 고립되어 있다는 느낌을 줍니다. 때문에 스트레스를 받는 사람들은 세상이 불협화음으로 가득 찬 비정한 곳이라고 생각하게 되지요. 한 번 놓친 박자는 좀처럼 다시 따라잡기 힘들기 때문에 스트레스는 더 큰 스트레스를 부르고 결국 삶이 스트레스의 박자에 휩쓸려 헤어 나오지 못하기도 합니다.

좋은 일이 일어날 때는 모든 일들이 갑자기 스르르 잘 풀려나가고, 곤란한 일이 하나 생기면 연달아 생각지도 않았던 문제들이 쿵쿵 부딪혀오는 경험을 했을 겁니다. 그것이 바로 박자의 문제입니다. 무언가 엇갈려 나가고 있다고 생각이 들 때,

그것을 '스트레스'라고 단정 짓기 전에 재빨리 자신을 원점으로 되돌리고 화해를 요청해야 합니다.

걱정거리에 삶의 초점을 맞추고 그에 맞서 싸우겠다고 결심하는 순간, 당신은 무장한 적군들에게 둘러싸이게 될 것입니다. 그리고 맞서 싸워야 할 상황들이, 기다렸다는 듯이 당신 앞에 줄을 설 것입니다. '산 넘어 산'이라는 말은 그렇게 해서 나왔지요. 흐름을 거슬러 올라갈 때는 당신이 열심을 내면 낼수록 더욱 거센 물살에 맞서야 하는 것이 당연한 일이니까요.

문제에 직면했을 때 그것을 회피하거나 책임지지 말라는 뜻이 아닙니다. 스트레스를 받고, 화를 내고, 분노를 느끼고, 복수를 결심하기 전에 그 문제를 만든 상황들과 화해를 하고, 다시 흐름 속에 올라타야 한다는 뜻입니다. 그 문제를 적으로 만들지 말고 화해의 방법을 모색하세요. 어떠한 문제든지, 우리가 소위 걱정거리라고 부르는 모든 것들은 어딘가에 화해의 카드를 숨기고 등장하게 마련입니다.

화가 나거나 갈등이 일어났을 땐 일단 생각의 코드를 뽑아버리세요. 생각은 문제를 쓸데없이 복잡하게 만드니까요. 생각의 잔가지 없이 문제의 본질을 보려고 노력하세요. 이때 자신과 우주의 리듬을 맞추는 것이 중요합니다. 당장의 내 감정만을 주장해서는 안 돼요. 큰 리듬의 소리도 듣기 위해, 심장에 마음을 집중하고 호흡을 깊고 의식적으로 합니다. 심장 부근이 따뜻해지고 박동이 안정되면 의식을 단전으로 내리세요. 의식이 단전에 자리를 잡으면 비로소 생각을 하기 시작합니다.

'무엇이 이 상황을 불러왔는가, 내가 원하는 바와 어긋나는 부분은 정확히 무엇인가, 이로 인해 내가 달라져야 하는 것은 무엇인가……'.

그러고 나서 스스로에게 조용히 물어보세요.

'이것이 정말로 걱정거리인가?'

그렇게 하는 것만으로도 이미 많은 작은 문제들이 더 이상 '문제'라는 이름을 달고 있지 않을 것입니다. 그것들은 '기회'였을 수도 있고 '경고'였을 수도 있으며, 심지어 '행운'인 적도 많습니다!

필립의 말처럼 그는 순간순간 리듬을 타고 있는 듯, 걷는 걸음도, 컵에 물을 따라 마시는 동작도 리드미컬하기 짝이 없었다.

내가 처음 그의 타이치 세미나에 찾아갔을 때에도 그는 물 흐르듯 대화를 이어갔다.

"오! 어제 전화해주신 분이시군요, 쪽, 쪽!(뺨에 입술을 대는 소리) 앉으세요, 앉으세요. 속눈썹이 정말 기네! 덥죠? 차가운 미네랄워터 한 잔 드릴까요?"

호들갑을 떨며 야단스럽게 맞아주었는데, 신기하게도 그 표정 하며 목소리가 조금도 경박해 보이지가 않았다. 오히려 듣고 있는 사람까지 그 리듬을 타고 유쾌하게 호들갑을 떨게끔 만드는 매력이 있었다.

"네! 물 주세요. 그런데 꽁지머리가 아주 근사하네요! 가끔씩 풀어도 어울리시겠어요."

내 말에 그는 또 박자를 놓치지 않고 '아하하하~' 기분 좋게 웃었다. 박자가 맞는 사람과 이야기한다는 것은 정말 최고다. '쿵짝 쿵짝……'.

사람의 첫인상을 결정하는 것은 최초의 30초라고 했던가? 나는 그와 이제 겨우 한마디를 나누었을 뿐인데도, 그와 아주 오래 친하게 지낼 것이라는 걸 알았다. 이런 사람과는 좀 더 시간을 함께 보내도 된다.

그는 몇 번이고 '화해'를 이야기했다. 화해란 싸우고 나서 악수하는 것이 아니라 싸우러 찾아온 상대를 끌어안는 것이라고. 다투기 전에, 부딪히기 전에 마음을 풀어버리는 것이라고. 그런 점에서 화해와 용서는 다르다고.

필립은 화해의 명수였던 그의 친구 이야기를 들려주었다.

나와 길 하나를 사이에 두고 친하게 지내던 기욤이라는 젊은 이가 있었어요. 테니스 선수였죠. 정말 건강하고 잘생긴 청년 이었어요. 그런데 큰 경기를 앞두고 갑자기 하반신 마비가 온 거예요. 처음엔 너무 긴장해서 그러려니 했는데, 마비된 근육 은 영영 힘을 쓰지 못했지요. 앞으로 걸을 수 없을 거라는 의사 의 진단이 내려진 다음 날, 나는 비통한 마음으로 기욤의 집을 방문했어요. 뭔가 위로거리가 될 만한 말을 준비해서 말이지 요. 그런데 그의 방문을 열고 들어가는 순간, 내 눈을 믿을 수 가 없었어요.

"어서 와!"

기욤은 휠체어에 앉은 채 세상에서 가장 편안한 미소를 띠며 나를 반겼어요. 그리고 그의 주위에는 물감들과 팔레트가 어지러이 놓여 있었어요.

"내 하반신 마비와 막 화해를 한 참이야."

무슨 말을 해야 할지 몰라 어정쩡하게 서 있는 내게 기욤이 설명해주었어요.

"굳어버린 다리들과 밤새워 이야기를 나눴어. 재판을 할 때에도 어느 한쪽의 이야기만을 들어서는 안 되는 거잖아. 물론 '테니스 선수였던 기욤'은 충격을 받아 슬퍼하고 있었지만, '하반신 마비를 가진 기욤'은 다른 이야기를 할 수도 있으니까. 의외로, 달리지 못하는 기욤도 그리 나쁘지 않았어. 나는 늘 어릴 때부터 그림을 그리고 싶었는데, 테니스 선수 생활이 너무 바쁘다 보니 그릴 여유가 좀처럼 없었거든. 이제 그 기회가 온 거지. 아직 이렇게 젊을 때. 오늘 아침부터 당장 그리기 시작했어. 내 첫 작품을 볼래?"

그는 환한 햇빛 속에 서 있는 나무 그림을 내게 보여주었어요. 그 순간, 나는 그 자리에서 햇빛 같은 그의 미소를 받으며 서 있는 나무가 된 듯한 느낌이었어요.

그는 갑작스런 불운에 분노를 터뜨릴 수도 있었고 스스로를 파괴할 수도 있었다. 그리고 분노의 단계를 넘어서 자포자기의 상태로 들어가면서, 알코올이나 마약 등으로 현실을 도피할 수도 있었다. 또는 불운에 맞서 싸우기로 결심하고 재활 의지를 불태울 수도 있었다. 평생 고통과 싸워가며 스스로를 채찍질할 수도 있었다.

하지만 그는 그러는 대신 불운의 가면을 쓰고 찾아온 새로운 삶의 기회를 찾았고, 함께 순조로운 흐름 위로 올라탄 것이다.

그의 친구 기욤은 20년이 지난 지금까지 즐겁게 작품 생활에 몰두하고 있다고 한다.

"문제라는 이름을 달고 온 그것들은
기회였을 수도 있고 경고였을 수도 있고
행운이었을 수도 있어요."

"지금 떠나도 괜찮겠습니까?"

남아 있는 시간과
누려온 것들에 대하여

당신을 생각하면 목이 멥니다.

세상의 모든 시간을 내 앞에 쏟아 놓아주었고,

내게 내밀어진 손들과 내 등을 떠다민 숱한 풍경들 속에 당신이 있었습니다.

당신이 내 귓가에 대고 연주하는 작은 아리아를 들으며 묻습니다.

나의 삶이여,
지금 당장 떠난다 해도 서운하지 않은 이별이겠습니까?

시간은 우리에게 거짓말을 하지

> "시간이 화살보다 빠르게 흘러간다고?
> 단지 네가 화살보다 빠르게 내달리고 있을 뿐이야.
> 네가 멈춰 서서 숨을 내쉰다면 시간도 멈춰 서서 숨을 고를 거야.
> 시간에게 시간을 좀 줘!"
> ― 라이프 코치, 모나

장수하고 싶다면, 더 많이 감동해야 한다. 우리가 느끼는 시간이란 사춘기 소녀 같은 뇌가 벌이는 게임이기 때문이다. 변덕스럽고 종잡을 수가 없고 제멋대로다. 나이 든 사람일수록 "세월 참 빠르네……."라는 말을 자주 한다. 이미 많은 것을 경험해 모든 것이 시들해지고 지루해진 뇌가, 마른 모래처럼 시간을 주르륵 흘려버렸기 때문이다.

뇌는 새로운 놀이와 감동만을 기억한다. 아이 적의 뇌는 하루 종일 새로운 것을 보고 감동하느라 바쁘다. 그래서 아이들이 커갈 때는 '하루가 다르다'고 한다. 그런데 그 하루가 또 다른 하루와 똑같아지고, 감동하기보다는 비판하고 분석하는 나이에 이르면 1년이 순식간에 지나간다. 뇌가 기억할 거리가 별로 없어져버리는 것이다.

뛰노는 아이들에게 '기다려!'라는 말은 고문과도 같다.

내가 어렸을 때 부모님에게 가장 많이 들었던 말도 '지금 말고, 나중에(Not now)!'라는 말이었다. 어린 아이들에게는 오직 '지금'만이 존재하고 '지금 당장'만이 중요하기 때문에, '자전거 사줄게.' 하면 당장 깡충깡충 뛴다. 그것에 '다음에, 혹시 돈이 생기면, 그리고 그 돈을 너를 위해 쓸 수 있다면, 그리고 네가 그때까지 그걸 원하고 있다면.' 하는 긴 단서가 달려 있다는 사실을, 그들은 눈치 채지 못한다.

부모님은 내가 어렸을 때 어딘가에 가자는 약속을 자주 하셨다. 이를테면 TV를 보다가 아름다운 호수가 나오면 이렇게 말하는 식이었다.

"저게 티티카카 호수야. 아빠가 널 데리고 갈게."

그러면 나는 당장 내 방으로 뛰어들어가 모자를 쓰고 나왔다.

"응, 아빠, 가요!"

아빠는 웃으며 내 모자를 벗기고 다시 소파에 눌러 앉히며 타이르셨다.

"지금 말고…… 다음에, 이다음에 말이야."

그 '이다음에'라는 말은 나와 나의 꿈 사이에 가로놓인, 악어 때 득실대는 강의 이름처럼 들렸다. '이다음에'까지 가는 길 위에 무엇이 기다리고 있을지 누가 아는가!

하지만, 그 불길한 주문 '이다음에'는 의외로 무척 편리했다.

"다음에 언제 식사라도 같이해요."

"다음 기회에 꼭……."

"다음엔 다시 이런 일이 없도록 할게요."

이렇게 말해두고 나면, 내 마음까지도 살짝 속일 수가 있었다.

그리고 그 '이다음에'는 결코 오지 않는 시간이라는 것을, 말하는 이도 듣는 이도 서로 알고 있다는 사실 또한 비길 데 없이 편리했다.

그러니 누군가 당신에게 '다음에 다시 만나면…….' 하면서 무언가를 약속한다면, 빈말이라는 것을 알아야 한다. 만약 당신이 무언가를 약속하고 그것을 지킬 의향이 있다면, '언젠가(Someday)'라는 말을 써서는 안 된다. 지금 당장 약속을 지키거나 정확한 날짜의 이름을 붙여서 약속해야 한다. 시간이란 '젖은 물고기'처럼 미끌거린다. 단단히 움켜잡지 않으면 교활하게도 '언젠가'의 망망대해 속으로 도망쳐버린다.

차분한 목소리로 조용히 늘어놓던 라이프 코치, 모나의 이야기가 떠오른다.

"당신도 시간이 없는가? '나는 시간이 없다'고 말하는 사람은 '나는 햇빛이 없다'고 말하는 사람과 같다. 햇빛은 자신의 소유가 아니다. 모두의 머리 위에 똑같이 퍼부어지고 있는 은혜다. 다만 그 빛을 기꺼이 쪼이는 이와 그렇지 않은 이가 있을 뿐이다. 다시 말하지만, 시간이 있고 없고를 결정하는 건 당신이 아니란 말이다."

즐거웠어, 그동안 고마웠어!

2002년 10월 25일. 나는 그날이 밝아오는 것을 나의 관 속에서 보았다. 나 없는 내 삶이 창밖에서 그렇게 흘러가고 있었다.

첫 번째 장례식의 주인공이었던 카를로스는 투명한 관 뚜껑이 내려와 닫히는 순간, 눈물을 흘렸다. 그는 유쾌한 푸줏간 주인이었다. 꽤 부자였고 통통했고 노래를 잘 불렀다. 우리가 한 사람씩 돌아가며 연미복을 입은 그의 몸 위에 꽃을 놓고, 그에게 주고 싶은 말들을 할 때까지만 해도 그는 '죽은 사람'답지 않게 키득키득 웃어서 우리를 곤란하게 했다.

그런데 목사님의 축수와 함께 세상과 통하던 마지막 창, 관 뚜껑이 닫히자 그는 우리가 한 번도 본 적 없는 표정으로 딴 세상의 것 같은 눈물을 흘렸다. 목사님이 해줄 마지막 축복의 말은 각자 마음에 드는 것으로 요구할 수 있었다. 카를로스는 '저 세상에서도 아가씨들과 함께 오래오래 행복하게 와인에 취하기를'이라는 말을 최후로 듣길 원했고, 결국 그렇게 되었다.

우리는 모두 가슴 한 귀퉁이가 젖은 채, 울고 있는 카를로스를 남겨두고 돌아 나와야 했다. 그냥 무언가가 울컥했다.

"즐거웠어, 카를로스. 그리고 네가 모임 때마다 갖고 와주었던 근사한 햄 샌드위치, 잊지 못할 거야."

그는 특유의 농담들과 고기가 든 두툼한 샌드위치를 우리에게 남기고 갔다.

다음 주에 나를 보내며 사람들은 무엇을 기억할까?

할 수만 있다면 장례식을 취소하고 싶었다. 좀 더 말할거리가 있을 만한 인생일 때, 사람들과 무언가를 더 나누고 그래서 나를 보내며 울컥할 만한 인생일 때, 떠나고 싶었다.

"아니, 지금 떠나는 게 좋아. '떠나도 좋은 날'이란 건 영영 오지 않아."

장례식 주관을 맡아주었던 목사님의 부인, 제닌이 조용히 나를 타일렀다.

가짜 장례식을 치르기 위해선 가장 먼저 '죽는 날'을 결정해야 한다.

우리들, 먼저 죽은 카를로스를 비롯해 루카스, 레트나, 도로시, 가브리엘, 그리고 나 세라는 미리 장례식을 치르는 사람들의 모임인 '메멘토 모리'의 멤버들이었다. 우리는 모두 여섯 명이었고 날씨가 너무 추워지기 전에 모두의 장례식을 마치고 싶어 했으므로, 바로 다음 주부터 6주간 매주 목요일 밤에 차례로 장례식을 치르기로 했다. 장례식이 끝나고 나서 '죽은' 사람은 교회 안에 놓인 관 속에서 하룻밤을 지내야 했기 때문에, 날씨가 너무 추우면 곤란했다.

관에 들어가는 순서는 제비뽑기로 정했다. 나는 둘째 주에 떠나는 티켓을 뽑아 들었다. '갈 날'을 받아놓고 나니 갑자기 바빠졌다. 살던 곳의 짐을 몽땅 처분하고 먼 나라로 이민 가는 기분이랄까? 여기와는 기후도, 문화도, 언어도 완전히 딴판인 나라로 가는 것이어서 처음부터 모든 것을 새로 장만해야 하는 막막함 같은 것. 막상 떠날 것을 결심하고 보니, 이것저것 신경 써야 할 일이 한둘이 아니었다.

　우선 유산상속.

　그러고 보니 나는 가진 게 너무 없었다. 집, 땅, 보석 반지는 커녕 번듯한 손목시계 하나가 없었다. 내가 가장 소중하게 생각하고 애지중지했던 것들은 대부분이 내게만 끔찍하게 소중한 것들뿐이어서, 다른 누구에겐 줄 수조차 없는 것들이었다. 세계 이곳저곳에 살고 있는 친구들의 연락처와 생일을 적은 수첩, 손때가 묻어 반들반들한 룬 스톤과 그것을 지키는 수정, 나의 요가 수업에 틀라고 음악가 친구 크리슈나가 직접 녹음해준 명상음악 CD……. 젊은 날의 매 순간, 소유보다 자유를 선택한 대가였다. 하지만, 또 그러고 보니 나는 가진 것이 너무 많아 펑펑 울었다.

　결국 나는 나의 보물들을, 영원히 의미 있게 바라볼 유일한 사람인 '나 자신'의 곁에 함께 묻겠다는 지극히 이기적인 결정을 내렸다. 그리고 언제나 트렁크를 터질 듯 가득 채웠던 집시

풍의 옷가지들 중 아직 쓸 만하고 솔기가 터지지 않은 것들을 추려, 늘 내 옷들을 부러워했던 티베트 친구 율리에게 주었다.

나의 길 위에서 나의 삶을 함께 담고 굴러준 상처투성이 바퀴 달린 트렁크와, 카메라와 여권을 넣는 비밀주머니가 달린 작은 백 팩은, 늘 떠나겠다고 다짐만 하는 은행원 친구 지현이에게 주었다. 이것만 있으면 사람들은 떠날 수 있다.

그리고 내가 지닌 것 중 가장 값나가는 물건인 1998년형 노트북 컴퓨터는 게임에도, 다운로드에도 그다지 관심이 없는, 그저 떠돌아다니면서 글을 쓰고 싶어 하는 학생이 혹시 있으면 주라고, 문예창작과 조교로 일하고 있는 선배 언니에게 주었다.

그리고 마지막으로 남은 것이 내 사진들이었다. 상자 가득가득 담긴 정리되지 않은 필름 사진들과 컴퓨터가 휘청거릴 정도로 쌓인 디지털 사진들.

'누구에게 주어야 하나?'

엄마에게 줄 수는 없다. 나는 그것들이 어떤 식으로 우리 엄마 같은 성격의 엄마를 괴롭힐지 잘 안다. 그것들을 매일 들여다보며 나를 떠올리고, 당신이 그 당시 내게 해주었던 수많은 아름다운 일들보다는 '형편상' 해주지 못했던 것들만을 고스란히 되씹으며 거듭거듭 눈물을 흘리는 것을 나는 원치 않는다.

날 처음으로 울게 했던, 섬세한 그 남자에게 줄 수도 없다. 그는 다른 사랑을 찾을 것이고 더 이상 섬세하지도, 설레지도 않는 중년의 가장이 될 것이다. 내 사진들이 손길도 닿지 않는 창고 방에 처박혀 있다가 어느 화창한 봄, 대청소의 날에 봉투째 폐기처분되는 것을 원치 않는다.

미국의 한 조사기관에 의하면 '집에 불이 났을 때 딱 한 가지만 들고 나올 수 있다면 무엇을 갖고 나오겠느냐'는 질문에 절반이 넘는 사람들이 '사진첩'을 선택했다고 한다. 아아, 사람들의 어여쁨이란!

'사진만큼 소중한 것이 또 있을까? 사진만큼 쓸데없는 것이 또 있을까?'

나는 결국 내 사진들을 아무에게도 주지 않기로 했다.

그리고 내가 입을 수의.

나는 이 삶에서의 마지막 파티 의상으로 10년 넘게 입었던 청바지와 목이 깊게 패인 블라우스를 골랐다. 입었을 때 가장 그럴듯해 보이는 옷이었다. 한때 나만을 위해 숨을 쉬었던 그 남자가 이 블라우스 깃 사이로 무수히 목에 입맞추곤 했었다. 수의가 너무 수수한 듯 야하다는 친구들의 야유가 쏟아졌지만, 그 당시의 나는 그 옷이어야만 했다.

"마지막 축복의 말은 어떤 걸로 해줄까?"

목사님은 '디저트는 뭐로 할래?' 하듯 화요일 아침에 내게 이렇게 물었다.

세상에서 가장 어려운 작문 숙제를 받아들고 나는 이틀 밤을 고민하며 무언가 의미 있고 멋져 보이는 말들을 떠올렸지만, 결국 카를로스처럼 내 바탕을 드러내기로 했다.

'자유롭게 살다가 웃으며 죽은 이여, 영원히 어딘가를 가볍게 떠돌며 웃고 있기를.'

장례식은 어둑어둑해질 무렵 시작되었다.

교회 밖에서 저녁 비둘기들이 날개를 퍼덕이는 소리, 집으로 돌아가는 자전거 바퀴가 자갈을 밟는 소리, 누군가를 외쳐 부르는 소리들이 들려왔다. 그렇게 막 따뜻하게 달구어진 삶의 수프 속에서 조용히 스푼을 빼어낼 준비를 해야 하는 것이다.

식은 단출했다. 목사님을 포함해 일곱 명이 동그랗게 손을 잡고, 우리에게 잠시 머물렀던 삶에게 감사 기도를 올렸다. 기도 속엔 어떠한 신의 이름도, 종교적 의미도 섞여들지 않았다. 그저 우리가 체온을 지니고 있던 삶의 시간 동안 우리를 찾아와주었던 수많은 선물들과 느낌들과 만남들을 기억했다. 기도가 끝나자 모두가 돌아가며 자신의 삶 속에서 가장 아름다웠던 한 장면씩을 이야기했다.

이건 나의 아이디어였는데, 감명 깊게 본 영화 '원더풀 라이프(Wonderful Life)'에서 힌트를 얻은 것이었다.

영화는 이렇다.

사람들은 죽어서 천당이나 지옥에 가는 것이 아니라 영상제작소 같은 시골 간이역에 간다. 그곳에 잠시 머물면서 살아 있는 동안의 한 장면, 영원히 그 속에서 살고 싶은 한 장면을 골라 담당자에게 이야기해야 한다. 그러면 스태프들이 그 기억대로 세트를 짓고, 촬영을 한다.

그렇게 찍은 영상을 보며 사람들은 영원히 그 순간 속으로 떠

난다. 만약 그런 순간이 없다고 우기거나 끝내 한 장면을 골라 내지 못할 경우에, 그 간이역에 남아 다른 이들의 추억 공장을 위해 일해야 한다.

내 차례가 되었을 때 나는 '마당'과 '노래' 이야기를 했다.

스페인의 댄스 축제도 아닌 몰디브의 바다 속 궁궐도 아닌 어느 볕 좋던 날의 마당이, 떠나려는 순간 가장 아름다운 이야기가 되어 떠오를 줄은 나조차도 몰랐다.

아주 어릴 때, 엄마가 이불 홑청을 빨아 널며 불렀던 노래……. 볕은 따뜻했고, 나는 희게 빛나는 마당에 쪼그리고 앉아 엄마와 개미를 보고 있었다. 막 널어놓은 빨래에서 물이 똑똑 떨어져 밤색 얼룩을 땅에 그렸고, 땅속에서 막 솟아난 개미들은 젖은 흙을 밟고 분주히 어딘가로 갔으며, 처녀 같던 엄마는 흘러내린 머리카락을 멀리 어딘가로 날리며 노래를 불렀다.

햇빛 섞인 노래 냄새가 코에 시큰거렸다. 어린 나는 그 순간, 가루가 되어 엄마의 머리카락이 나부끼는 그곳으로, 개미들이 줄지어가는 그곳으로 자욱하게 사라져버리고 싶었다.

"이게 다야. 나는 이 기억을 가지고 떠나고 싶어."

내 이야기가 끝나자 다들 이구동성으로 외쳐댔다.

"그 노래를 불러줘!"

"맞아, 우리에게도 들려줘!"

"마지막 선물로 네 노래를 듣고 싶어!"

사람들은 '마지막'이라는 말에 쉽게 취한다.

나는 날깃날깃해진 청바지 수의를 입고 관 뚜껑 위에 걸터앉아 노래를 불렀다.

> 엄마야 누나야 강변 살자.
> 뜰에는 반짝이는 금 모래 빛,
> 뒷문 밖에는 갈잎의 노래,
> 엄마야 누나야 강변 살자.

저마다 마음속에 서걱이는 '갈잎의 노래'를 듣는 것이겠지. 이 노래를 알 턱이 없는 먼 나라 사람들의 눈가에 눈물이 맺힌다.

"한 번만 더 불러줘, 한 번만 더!"

나는 엄마가 빨아 널어놓은 이불 홑청에 얼굴을 묻고 그 노래를 열 번도 더 불렀다.

삶을 떠나는 나를 위해 친구들이 준비한 말들을 미리 들을 수 있다는 것은 축복이었다. 나는 하이힐을 벗고 관 속에 들어가 몸을 눕혔다. 생각보다 편안했다. 슬프지도 않았다.

"브라보! 죽음을 축하해. 이젠 전보다 더 빠르게 여행할 수 있게 됐구나!"

흰 장미 한 송이.

"너와 함께 춤출 수 있어서 정말 기뻤어. 하지만 내가 처음 네게 춤을 청했을 때 거절했던 거 기억해? 네가 그 멋진 갈색 머리 남자랑 먼저 춤췄던 거, 이젠 용서해줄게."

백합 한 송이.

"처음에 널 별로 달갑게 여기지 않았던 것 미안해. 이 모임에 들어오기엔 네가 경험도 부족하고 철이 없다고 느꼈었거든. 하지만 이제 고백할게. 넌 내가 만났던 중 가장 풍부한 감정을 가진 여자야."

안개꽃 자욱하게 한 다발……

꽃이 차곡차곡 내 심장 위에 놓인다. 사람들은 내가 모르는 나, 그들과 함께했던 나를 떠나보내기 위해 분주하다. 관 뚜껑이 닫히던 순간, 웃으려고 애썼지만 목사님의 마지막 축복의 말이 무색하게도 나는 울고 있었다.

'자유롭게 살다가 웃으며 죽은 이여, 영원히 어딘가를 가볍게 떠돌며 웃고 있기를…….'

"아니, 지금 떠나는 게 좋아.
떠나도 좋은 날이란 건 영영 오지 않아."

기쁨과 마주 보고 울기

"너 자신에게 조금 더 친절해져."
— 분홍 돌고래, 피노

"칫, 이거 순 사기잖아! 저건 핑크 돌고래가 아니야. 그냥 반점이 있는 돌고래일 뿐이야." 속았다는 느낌을 받은 것은 나뿐이 아닌 듯 여기저기서 "어디가 핑크라는 거야?" 하고 수군대는 소리가 들려왔다.

온몸이 분홍으로 물든 환상적인 모습을 기대하고 왔던 터라 실망이 이만저만이 아니었다. 오히려 원래의 피부가 볕에 그을려서 군데군데 벗겨져 있는 것 같았다. 발긋발긋한 발진 같은 얼룩이 불규칙하게 보이는 그 돌고래는, 사람으로 치자면 알비

노(색소증)를 앓고 있는 셈이다. 차라리 방콕에서 보았던 평범한 회색 돌고래가 매끈하고 훨씬 예뻤다.

공연도 식은 커피처럼 그냥 그랬다. 홍보용 팸플릿에는 분명 두 마리 돌고래가 활기차게 물을 차고 올라 공중에서 꼬리를 치고 있었지만, 정작 나타난 것은 단 한 마리뿐이었다. 그나마 몸집도 작고 어딘가 비슬비슬해 보이는 것이 영 성에 차지 않았다. 한 마리가 얼마 전에 병으로 죽었기 때문에 당분간 혼자 공연을 하게 되었다고 조련사가 설명을 했다.

짧은 꽁지머리를 묶고 있던 여성 조련사는 갑판 위를 이리저리 뛰어다니며 명령을 내리기도 하고, 돌고래가 뛰어넘을 수 있도록 훌라후프같이 생긴 링을 들어 올리기도 했다. 돌고래는 고분고분 순서에 따라 쇼를 해나갔다.

배를 뒤집고 헤엄을 쳤고, 물을 뿜는 장난을 쳤고, 가볍게 몇 번인가 뛰어올랐고, 링을 통과했고, '돌고래와의 만남' 시간에는 따로 돈을 낸 관객에게 주둥이로 가볍게 뺨에 키스하는 시늉을 하기도 했다. 한마디로 밍밍했다. 주위에 앉아서 보고 있던 꼬마들은 하품을 했고 나는 감자칩을 먹으며 손목시계를 보았다.

기적은 쇼가 끝나고 돌고래가 퇴장할 때 일어났다.

조련사는 쉬어서 가닥가닥 갈라진 목소리로 최선을 다해 마지막 쾌활함을 뽑아내었다.

"자, 신사 숙녀 여러분! 여러분과 헤어지는 것이 못내 아쉬운지 피노가 손을 흔들고 있네요. 즐거웠어요, 모두들 바이바이!"

피노는 마지막 서비스로 관람석 가까이 얕은 물까지 헤엄쳐 와서 비~잉 한 바퀴 돌고는, 배가 보이게 몸을 뒤집어 오른쪽 지느러미로 바이바이를 했다.

지루하게 쇼를 바라보고 있던 나는 놀라서 숨이 멎는 것 같았다. 건성으로 누워서 바이바이를 하던 그 돌고래가 어느 순간 꼿꼿하게 몸을 곧추세워 서더니 내 눈을 똑바로 바라보았던 것이다.

돌고래의 시선을 정면으로 받아본 적 있는지?

벌꿀을 씌운 아몬드처럼 감미롭게 빛나는 크고 단단한 눈동자. 당신의 눈이 그 눈동자에 일단 포획되고 나면 벗어날 길이 없다. 끈끈이에 붙어버린 나비 모양으로 버둥댈 수도 없다. 머릿속으로 지잉~, 하고 가벼운 전류가 퍼지는 듯했다. 피노는 그 자세로 약 10초 동안 내 안에 스스로를 흘려보냈다.

아니, 그 부분은 조금 자신이 없다. 그가 나를 바라본 것은 단 1초였을 수도 있고 10초보다 더 긴 시간이었을 수도 있다. 그리고 그가 정말로 나를 바라보았던 것인지, 관람하고 있던 모두가 그렇게 느꼈던 것인지도 확인할 길은 없다. 하지만 돌고래와의 눈맞춤은 분명히 '찰칵' 하고 내 안의 무언가를 바꾸어놓았다.

다음 날도, 그다음 날도, 싱가포르에 머무르는 일주일 내내 나는 핑크 돌고래를 만나고 그의 시선을 받는 것 이외에는 다른 일을 할 수가 없었다. 그 첫 번째 응시가 '찰칵' 하는 순간 내 안에 '메신저'를 장착이라도 한 듯, 그다음 날부터 공연을 보는 내내 피노의 마음은 내 마음을 자유로이 넘나들며 이야기를 건넸다.

그것은 이야기라기보다는 따뜻한 '느낌' 같은 것이었는데 언제나 말보다 먹먹하게, 큰 북소리처럼 내 가슴을 울렸다. '둥둥둥…….' 나는 일부러 늘 마지막 공연시간에 맞추어 그를 만나러 갔다. 5시 30분에 시작되는 마지막 공연이 끝날 무렵이면, 바다에 희미하게 노을이 지기 시작하기 때문이었다. 그리고 그 빛 속에서 헤엄치는 피노의 몸뚱어리는 마침내 완벽한 분홍빛으로 물들었다. 핑크 돌고래, 피노는 신비롭고 아름다웠다.

'끼익, 끼익' 하는 우스꽝스러운 웃음소리와 함께 등장하면서 그는 내게 말했다.

"웃지 않고 사는 삶은 시간 낭비일 뿐이야."

조련사가 들고 있는 링을 혼자서 이쪽, 저쪽에서 두 번 연거푸 뛰어넘으며 또 말했다. 다른 한 마리가 살아 있었다면, 두 마리가 동시에 양쪽에서 링을 통과했을 것이다.

"홀로 있을 때 행복하다고 느끼지 못하면, 둘이 있을 때 두 배의 쓸쓸함을 느끼게 될 거야."

관객석 가까이까지 헤엄쳐 와서는 갑자기 '푸우!' 물을 뿜어내어 내 발끝을 적시면서, 다시 한 번 나직이 타일렀다.

"스스로에게 조금 더 친절해져."

그러고는 노을이 물든 핑크빛 지느러미를 흔들며 마지막으로 나를 바라보았다.

"너와 함께 살아 있어서 기뻐!"

핑크 돌고래와 헤어져 돌아오는 길엔 어둑해진 센토사 섬을 가로질러 오면서, 케이블카가 축축해지도록 울었다. 마음의 포로로 잡혀서 매일매일 단조로운 쇼를 해오던 나의 애달픔과 서러움과 설렘과 기쁨들이, 한꺼번에 똑바로 몸을 세우고 내 눈을 마주 보았기 때문에.

고개를 돌릴 수도 없어 나는, 항복하듯 울었다.

핑크 돌고래의 축복을 받은 가슴이 씻겨 말갛게 빛났다.

"너와 함께 살아 있어서 기뻐!"

Epilogue

읽고 나서 입안 가득 행복했으면 좋겠다.
둘도 없이 매력 있고, 따뜻하고,
용감하고, 상냥하고, 어리고, 우아하고, 춤 잘 추고,
소중한 그대이기에.

이 책을 쓰면서 참 많이 울었다.

쓰는 내내 삶이 친구처럼 곁에 앉아, 내가 한 줄을 쓰면 그 한 줄을 읽고 갔다. 안부 인사들에 고개를 끄덕이다가, 미안하고 안타까운 마음에 내가 울면, 도닥도닥 위로를 해주기도 했다.

"아니, 넌 열심히 살아줬어. 그 때 그건 네 탓이 아니야."

고맙다, 당신. 예의 없는 나를 견디고 믿어주어서.

정말 많은 힐러들이 나의 친구가 되어주었다. 내가 그만큼